Theodor Pressel

Paulus Speratus

Nach gleichzeitigen Quellen

Theodor Pressel

Paulus Speratus
Nach gleichzeitigen Quellen

ISBN/EAN: 9783743627703

Hergestellt in Europa, USA, Kanada, Australien, Japan

Cover: Foto ©Raphael Reischuk / pixelio.de

Weitere Bücher finden Sie auf **www.hansebooks.com**

Paulus Speratus.

Nach gleichzeitigen Quellen

von

Dr. Theodor Preſſel,
Archidiaconus in Tübingen.

Elberfeld.
Verlag von R. L. Friderichs.
1862.

Druck von B. G. Teubner in Leipzig.

1.
Anfänge der reformatorischen Thätigkeit des Speratus[1]).

Keiner der Reformatoren arbeitete auf einem ausgedehnteren Erntefeld, als Speratus. Im Süden und Norden Deutschlands wie in Mitteldeutschland hat er der Reihe nach gewirkt und gearbeitet, gestritten und gelitten, wie auch seine geistlichen Gesänge Gemeingut der ganzen deutschen evangelischen Kirche geworden sind. Sein Auftreten im südlichen und mittleren Deutschland gleicht einem plötzlich aufleuchtenden und ebenso schnell wieder verschwindenden Meteor; um so bleibendere Spuren hat seine Thätigkeit im Norden zurückgelassen. Bei keinem der Reformatoren tritt die Person so sehr hinter dem Werk zurück: seinem Lebensbilde fehlt der Hintergrund eines Elternhauses, der Einblick in ein gemüthliches Familienleben mit seinem Wechsel von Licht und Schatten; wir wissen von dem Manne fast nichts, als was er im Amte und Beruf gewesen ist; unausgesetzt sehen wir ihn in Athem begriffen, nie in der Ruhe. Er selbst, sobald er die Hand an den Pflug gelegt hat, schaut nicht mehr rückwärts, sondern vorwärts, ein rastloser Arbeiter, der nichts gethan zu haben glaubt, so lange noch etwas zu thun erübrigt. Beim Beginn seiner Wirksamkeit kennzeichnet ihn leidenschaftlicher Feuereifer und ungestümer Muth, in der Folge umsichtige Beharrlichkeit und bedächtige Ausdauer. Er vergißt, was hinter ihm ist, um sich zu strecken nach dem, was vor ihm liegt. Er gehört zu den Paulusnaturen, die nur im Sturm gewonnen werden, aber mit seiner Bekehrung bricht er auch mit seiner ganzen Vergangenheit.

Paul von Spretten[2]) stammte aus dem schwäbischen Adelsgeschlecht der von Spretten, welchen Namen er nach der Sitte seiner Zeit in den bedeutungsvolleren lateinischen Namen Speratus umwandelte. Geboren ward er am 13. December 1484, sieben ein halb Uhr Morgens; wo? ist nicht sicher zu ermitteln. Da er später den Beinamen a Rutilis führte, so lag die Vermuthung um so näher, ihm die ehemalige Reichs-, jetzt Württembergische Stadt Rottweil als Geburtsort zuzuweisen, als in ihr öfter eine in großem Ansehen stehende Familie Spreten oder Spretten genannt wird, aus welcher Johann Spreter abstammte, welcher von 1523 bis 1533 evangelischer Pfarrer bei St. Stephan in Konstanz, nachher im Ulmer Gebiete war. Wie über den Geburtsort unseres Speratus, so fehlen auch alle Nachrichten über sein Elternhaus, wir müßten denn den Verläumdungen seiner Feinde

Glauben schenken. Wie nämlich seiner Zeit durch die Universität Leipzig die gehässigsten Lügen über Luthers Herkunft, als wäre er in Böhmen geboren, verbreitet wurden, so scheute sich auch die Schwesteruniversität Wien nicht, in dieses schmutzige Fahrgeleis einzuleiten und den Mangel von sachlichen Gegengründen mit den gemeinsten persönlichen Verläumdungen zu ersetzen: Speratus sollte schon bei seiner Geburt das Kainszeichen auf der Stirne getragen haben und durch uneheliche Geburt geschändet gewesen sein! Auch von seinem Bildungsgang wissen wir nichts mehr, als daß er erst in Paris und dann auf mehreren italienischen Universitäten den Studien oblag. In Paris mochte er nicht unberührt geblieben sein von dem scharfen antipapistischen Geiste, welcher damals auf der Pariser Universität die gallikanische Kirchenfreiheit gegen das vom Könige mit dem Pabst abgeschlossene Concordat vertheidigte. In Italien aber mußte er den Einfluß der mächtigen neuen Geistesbewegung erfahren, welche von den humanistischen Studien ausging und zwar einerseits das antike Heidenthum wieder aus dem Grab erweckte, aber auch andrerseits einer evangelischen Richtung den Weg bahnte und der von Deutschland über die Alpen dringenden reformatorischen Bewegung einen empfänglichen Boden bereitete.

Nach Vollendung seiner Studien finden wir zuerst die Spur unseres Speratus in der freien Reichsstadt Dinkelsbühl in Franken, in welcher er im Jahre 1518 Prediger war. Als solcher las er fleißig die Schriften Luthers, obwohl er dazumal für die Sache des Evangeliums noch nicht offen Partei genommen zu haben scheint. Daß übrigens in genannter Stadt die reformatorische Bewegung sehr früh Beifall fand, mögen wir daraus abnehmen, daß ihr Pfarrer Abelius schon im Jahre 1524, also noch ein Jahr vor der Verheirathung Luthers öffentlich und unangefochten in den Ehestand treten konnte, während allerdings Rath und Bürgerschaft sich erst 1532 öffentlich zu der Augsburgischen Confession bekannten. Jedenfalls dauerte der Aufenthalt von Speratus in Dünkelsbühl nicht lange: schon im Februar 1519 folgte er einem Ruf nach Würzburg als Domprediger, nachdem ihm eine Besoldung von 200 Gulden und Aussicht auf eine Chorherrnpfründe im Stift Neumünster zugesichert worden waren. Das der Reformation ziemlich geneigte Domcapitel hoffte in Speratus nicht blos einen beredten Kanzelredner zu erwerben, sondern auch einen Theologen, welcher den Forderungen der Zeit gerecht wäre. Aber eben mit der Ankunft des neuen Dompredigers schied der Mann, welcher dem neu erwachten religiösen Geist in seinem Bisthum willig Vorschub geleistet hatte. Am 6. Februar 1519 war Bischof Lorenz von Würzburg, des Geschlechts einer von Bibra, gestorben. Spalatin erzählt in seinem Leben Friedrichs des Weisen von diesem Bischof, er sei ein ehrlicher, frommer und weiser Mann gewesen, welcher kurz vor seinem Tod dem Churfürsten mit eigner Hand in Betreff Luthers geschrieben habe: „Eure Liebe wolle je den frommen Mann Doctor Martinus nicht wegziehen lassen, denn ihm

geschähe Unrecht." Ferner berichtet Spalatin: „Dieser Bischof zu Würzburg ist ein solcher verständiger, weiser, ehrlicher Mann gewest, daß er in einem Jahr des Erzbischofen zu Cöln, des Pfalzgrafen Churfürsten bei Rhein, des römischen Kaisers Maximilians dazu Rath und letztlich auch Bischof zu Würzburg worden. Hätt auch dieser Bischof von Bibra länger sollen leben, so haltens wohl Leut dafür, die ihn sehr wohl gekannt haben, daß er das heilige Evangelion auch angenommen hätt, denn er war sehr übel gewest an dem römischen Wesen, wollt auch ihr erdichtet gulden Gnadenjahr und Ablaßkrämerei nicht zulassen je länger je weniger. Ich hab auch wohl Edelleut aus Franken davon hören reden, daß sie sagten: Wenn ein Edelmann wär kommen und hätt ihn gebeten um Gunst, etlich Güter zu versetzen, wenn er gehört hat, daß er einen Sohn oder Tochter wollt damit ausstatten, in ein Kloster zu gehen, so hätt er gesagt: Lieber, gib deiner Tochter einen Mann, gibs nicht ins Kloster. Darfst du Geld dazu, so will ich dir leihen! So gar übel war er auch am Klosterwesen, Möncherei und Nonnerei gewesen."
Am 25. Februar 1519 ward Conrad von Thüngen zum Bischof Würzburgs erwählt, ein Mann, welcher, im Widerspruch mit seinem Vorgänger, der reformatorischen Bewegung, so gut er nur konnte, hemmend entgegentrat. Speratus ließ sich hierdurch nicht abschrecken, die evangelische Wahrheit in der Domkirche mit allem Freimuth zu predigen: Bischof und Capitel sahen sich in ihm bitter getäuscht; der Inhalt seiner Predigten erregte bei den Einen großes Aufsehen, bei den Andern noch größeres Aergerniß. Hatte schon die Ankündigung in seiner ersten in der Würzburger Kathedrale gehaltenen Predigt, daß er seinen Zuhörern die Wahrheit nicht verhehlen wolle, Anstoß gefunden, als wäre ihm verboten worden, mit der Wahrheit offen an den Tag zu treten: so warf man ihm bald hernach Erregung des Volkes zu Widerstand und Aufruhr gegen die Obrigkeit vor. Seine Predigten gaben dem Volke das reine Wort Gottes und straften ohne Schonung die Mißbräuche und das kirchliche Verderben. Er kümmerte sich nicht darum, ob er dadurch der versprochenen Chorherrnpfründe verlustig gehen würde. Ein Theil der Stiftsgeistlichkeit zeigte sich geneigt, die Seelenmessen abzuschaffen; der gemeine Mann, klagte man, sei schon von dem Gift der Lehre Luthers angesteckt. Der „unbescheidene Polterer" sollte durch Verwarnungen, Verweisungen auf das Muster seiner Vorfahren und durch eidliche Verpflichtungen gemaßregelt werden, während man andrerseits seinen Lebenswandel durch ohne Grund ergehende Ermahnungen zu einem ehrbaren und redlichen Leben zu verdächtigen bemüht war. Speratus war nicht der Mann, welcher sich hiedurch den Mund schließen ließ; dem Bischof blieb nur übrig, den unbeugsamen Prediger zu vertreiben. Das geschah wohl zu Anfang des Jahres 1520; über die Art und Weise, wie es geschah, fehlen alle Nachrichten.

Speratus wandte sich von Würzburg nach Salzburg, wo seine Predigten in der erzbischöflichen Kathedrale gleiche Aufregung hervorriefen. Der Salzburger Prälat war der schlaue Cardinal Matthäus Lang, ein entschiedener Gegner der Reformation. Aus' einer angesehenen Augsburger Patricierfamilie stammend, war er schnell zu den höchsten Würden der Kirche gelangt unter der Gunst von Kaiser Max, welcher ihn erst zu seinem Geheimschreiber, später zu seinem Kanzler erwählte und ihm den größten Einfluß auch in politischen Dingen einräumte. Als sich der Adel über diese Bevorzugung eines Bürgerlichen beschwerte, soll der Kaiser ihm geantwortet haben: „Warum thut Ihr Eure Schuldigkeit nicht? Ich bedarf eines gewandten und fleißigen Mannes, durch den ich meine Geschäfte besorge, aber Ihr entziehet Euch der Arbeit; darum mußte ich diesem Schreiber die Hofgeschäfte zuweisen. Wenns der Adel nicht thun will, so muß der Schreiber oder Pfaffe thun." Daneben durchschaute der Kaiser den Charakter seines Schützlings genau: Lang war ein üppiger Lebemann, so daß der Kaiser äußerte, er habe zwei Kardinäle, deren Einen er nicht sättigen, den Andern nicht erschöpfen könnte, unter Jenem Lang, unter Diesem Leonhard von Reuschach verstehend, den Vorgänger Langs im Erzbisthum. Lang war an sich einer Reformation nicht abgeneigt, aber fand es unleidlich, daß dieselbe von einem armen Mönch ausgehen sollte. Anfänglich war seine Stellung eine zuwartende, so daß selbst Luther in ihm sich täuschen konnte, wenn er noch im Jahre 1519 den Salzburger Erzbischof an erster Stelle denjenigen Bischöfen zuzählte, welche er sich zur Noth als Schiedsmänner in seiner Sache gefallen lassen könnte. Freilich änderte sich Luthers Urtheil über Lang gar bald: der ungeistliche im Jahre 1523 im rothen Waffenrock einherziehende Kirchenfürst ward schnell ein grausamer Verfolger der Evangelischen in seiner Diöcese und erließ gegen sie solche unmenschliche Befehle, daß selbst der Henker in ihrer Ausführung stutzte. Bezeichnend für den Erzbischof ist die Frage, welche er im Jahre 1530 an Melanchthon in Augsburg richtete: „Was wollt Ihr denn uns Pfaffen reformiren? Wir Pfaffen sind nie gut gewesen." Sein Endurtheil über die Evangelischen war: „Entweder müssen wir sie haben oder sie haben uns!" — Dagegen lebte in unmittelbarer Nähe dieses Kirchenfürsten Johann Staupitz, an welchem Speratus eher eine Stütze hätte hoffen mögen. Aber auch dieser alte Gönner und Freund Luthers hatte sich seit seiner Uebersiedlung nach Salzburg der evangelischen Sache entfremdet: nachdem er im Jahre 1518 zu Augsburg die Bekanntschaft des Cardinals Lang gemacht hatte, war es der schlauen Berechnung des letzteren gelungen, den Arglosen für sich und seine Uebersiedlung nach Salzburg, was so viel hieß als Trennung von Luthern, zu gewinnen. Lang ernannte ihn zu seinem Hofprediger, 1522 zum Abt des Benediktinerklosters zu Salzburg und später zu seinem Vikar und Suffragan. Zwar blieb Staupitz ein persönlicher Freund Luthers, aber er unterwarf sich dem Richterspruch des Papstes, als er von diesem bei seinem Erzbischof als Gönner des Reformators verklagt worden war. Luther schrieb dem alten unvergeßlichen Freunde am 9. Februar 1521: „Deine Unterwerfung hat mich sehr betrübt und mir einen andern Staupitz gezeigt als jenen Prediger der Gnade und des Kreuzes. Denn es ist jetzt nicht zu fürchten, sondern zu rufen, wo unser Herr Christus verdammt, ausgezogen und geschmäht wird. Darum wie viel Du mich zur Demuth ermahnest, so viel ermahne ich Dich zum Hochmuth. Du hast zu viel Demuth, wie ich zu viel Hochmuth." Auch an Staupitz konnte daher der entschlossene Speratus keinen Halt finden. Als Gesinnungsgenossen traf er in Salzburg nur zwei Männer: Stephan Kastenbauer und einen Pfarrer Matthäus; aber Beide wurden auch alsbald seine Leidensgenossen. Ersterer war Hofprediger und als Confessionarius des Erzbischofs diesem längere Zeit hindurch eng befreundet. Weil aber Kastenbauer (Agricola) die Mißbräuche des Pabstthums anzugreifen wagte, ward er vom Erzbischof in's Gefängniß nach Mühldorf am Inn geschickt. Als kein Kerkerleiden den standhaften Muth des treuen Zeugen zu brechen vermochte, beabsichtigten seine Feinde, sich in schändlichster Weise an ihm zu rächen: ein mit Pulver gefüllter Thurm nahe an der Stadtmauer von Salzburg sollte sein Gefängniß werden; in dem Augenblick, wo der Gefangene hineinträte, sollte ein Bösewicht heimlich eine Lunde hineinwerfen, und nachher unter dem Volk ausgebreitet werden, daß Feuer vom Himmel gefallen sei. Aber Gott wachte über dem Leben seines Dieners: die Explosion erfolgte zu frühe, während Agricola noch unterwegs war, und der gedungene Mordbrenner bekannte seine Schuld vor dem Volk. Nach dreijährigem hartem Gefängniß kam Agricola als evangelischer Prediger erst nach Augsburg und dann nach Eisleben. Auch Pfarrer Matthäus sollte seinen evangelischen Freimuth mit ewigem Gefängniß abbüßen. Als er in dieser Absicht nach Mitterfill abgeführt wurde, befreiten ihn unterwegs einige Bauernsöhne, während die Schergen im Wirthshause zechten. Dafür ließ der Erzbischof die armen jungen Leute, ohne daß sie in offenen Rechten verhört worden waren, an ungewohnter Richtstatt auf der Peterswiese vor der Stadt im Nauthal eines Morgens früh heimlich enthaupten. Selbst der Scharfrichter machte sich ein Bedenken, weil die Verurtheilten nicht rechtlich überwunden wären; der bischöfliche Beamte beruhigte ihn mit den Worten: „Thue was ich Dich heiße und laß es den Bischof verantworten!" An diese beiden Männer reihte sich als dritter evangelischer Prediger in Salzburg Speratus an. Auch seine Wirksamkeit war nur von kurzer Dauer, bis zum Herbst 1520. Ueber die Ursache seines Wegziehens berichtet er selbst: „Der grausame Behemoth und weitäugige Leviathan, der dort in seinem Nest wie in einem Paradies sitzet, mocht mich ferner weder dulden noch leiden, sondern versucht, was er wußte und konnte, bis er mich zuletzt von sich riß. Das macht: ich schrie ihm zu laut in die Ohren wider seinen unrechten Mammon, der sein einiger Gott und Nothhelfer ist. Deßhalb machet ich mich auf in dem Namen Gottes, schüttelt den Staub ab von meinen Füßen über ihn und mich von ihm gen Wien." Gleichwohl war auch seine kurze Wirksamkeit in Salzburg nicht ohne Frucht gewesen; eine Schaar von entschiedenen evangelischen Christen hatte sich um ihn gesammelt, denen er später in der Zuschrift zu Luthers Buch „Wie man Kirchendiener wählen und einsetzen soll" bezeugen darf, daß sie treu zum Evangelium hielten, „obwohl des Widerchrists Schindschergen und Stockmeister, vor denen sich Niemand regen dürfe, ihnen auf dem Hals säßen."

Mit Anfang des Jahres 1521 finden wir Speratus in Wien, wo er sich den theologischen Doctorgrad erworben haben soll und fast ein Jahr als Privatgelehrter lebte. Auch in Wien hatte es seit dem Beginn des sechszehnten Jahrhunderts an Vorläufern der Reformation nicht gefehlt. An der Universität war die humanistische Richtung durch einen Conrad Celtes vertreten, sogar im Jahre 1501 eine poetische Fakultät entstanden. Schon 1509 hatte Philipp Turrian gegen den Ablaß, ein Bernhardiner-Mönch gegen die Reliquienverehrung gepredigt; bei St. Lauren; ward offen gesagt, für jeden Priester in Wien stehe ein Pferd bereit, das ihn zur Hölle trage! Die Universität hatte sich sogar der Vollziehung der päbstlichen Bulle wider Luther widersetzt, wenn sie auch nur formelle Bedenken dagegen geltend zu machen wagte. Nur die theologische Fakultät stemmte sich mit aller Zähigkeit wider die so gewaltig eindringende reformatorische Bewegung und wußte endlich am 30. December 1521 ein kaiserliches Mandat auszuwirken, welches die sofortige Verbrennung der lutherischen Schriften anordnete. In diese Zeit der Gährung fiel unsers Speratus Aufenthalt in Wien, und ein Mann von seinem ungestümen Eifer konnte unmöglich die Rolle eines müßigen Zuschauers sich gefallen lassen. Bald bot sich ihm ein Anlaß, offen Partei zu nehmen. Auf Geheiß des Bischofs hatte ein Mönch, „ein großbauchter Schreier," zu St. Peter in Wien eine großes Aufsehen erregende Predigt zur Vertheidigung des Cölibats gehalten. Speratus, welcher bereits selbst in die Ehe getreten war, sah sich um so mehr herausgefordert, die Antwort nicht schuldig zu bleiben, und auf Erfordern des Statthalters und mit bischöflicher Genehmigung predigte er am 12. Januar 1522 auf der Stephanskanzel über die Epistel Röm. 12, 1 ff.: „Lieben Brüder, ich ermahne euch durch die Barmherzigkeit Gottes, daß ihr eure Leiber begebet zum Opfer u. s. w." Er selbst erzählt: „Es geschah, daß ich hernach durch den Vitzthum daselbst und durch den Richter zu predigen im Thumstift erfordert ward, darzu auch der Bischof selber seinen Gewalt und Willen gab. Da drang mich mein Gewissen und die Noth, daß ich des ehelichen Standes Ehre und Würdigkeit wiederholen und preisen mußt; das that ich denn mit dieser Predigt und zeigte an, wie der eheliche Stand allen Menschen frei und erlaubt wäre, ja wie er auch geboten wäre allen denen, so sich nicht enthalten möchten, indem sie sich nichts sollten irren oder hindern lassen." Die Predigt war eine gewaltige Glaubensthat, bei der sich der

treue Bekenner vorher nicht mit Fleisch und Blut besprach: „Es schreckte
mich auch nicht ab von dieser Predigt das groß Gewürm und Geschwürm
der Kappen und Platten, die ich damit, wie ich wußt, erzürnen würde,
sondern gedachte, es ist besser gelitten, was es immer ist, denn daß du zu
der Zeit schweigen wolltest, zu welcher die Wahrheit mit so gar öffentlichem
Trotz befrevelt ward." Die in Speratus' Leben Epoche machende Predigt
wurde zwei Jahr später gedruckt unter dem Titel: „Vom hohen Gelübd der
Tauf und anderen," indem wirklich das Thema derselben war, daß Paulus
in den Texteswortenseine Christen unterweise, wie sie und wir alle uns rechter
Weis und Meinung Gott vergelübden und nach gethanem Gelübd je mehr
und mehr dasselbige heiligen sollen durch tägliche Opferung unsers Leibes
in diesem Leben Gott zu Ehren. Der Redner zeigt, daß der Mensch kein
größeres Gelübde thun könne, als er in der Taufe gethan, und daß in der
Haltung dieses Gelübdes (wenn man nämlich den Glauben mit der That
beweise) alle guten Werke zusammenfließen, folglich dieses Gelübdes vor
allen andern Gelübden, die man erfunden, in den Predigten sollte gedacht
werden. Sofort wird nachgewiesen, wie die drei Dinge, welche die Mönche
gelobten, nämlich Armuth, Keuschheit und Gehorsam, keine evangelischen
Rathschläge für den Vollkommneren wären, sondern lauter Gebote, durch
welche jeder Christ gebunden sei, aber auch, wie diese drei Stücke in den
Klöstern gar selten, wohl aber das Gegentheil befunden würde. Da nun
namentlich die Keuschheit eine so seltsame Gabe sei, so wird es als das
Sicherste erachtet, so man die Bischöfe und Prediger aus der Gemeine er-
wählete, die untadelich, Ehemänner, wie auch der Apostel geboten hätte,
wären, da ja die Hurerei der Mönche und Pfaffen weltkundig sei. Speratus
zeigt, daß nur diejenigen Gelübde erlaubt seien, welche nicht ein neues Gelübde, sondern nur eine heilsame Erinnerung und Vermahnung des rechten
und ersten Taufgelübdes oder ein Kennzeichen seien, womit man seinen Glauben bezeugen und seinen Nächsten bessern wollte; das Beste sei aber immerhin,
sich nur an das erste Taufgelübde zu halten. Nachdem Speratus zum
Schluß diejenigen Klöster vor allen andern gelobt, in welchen man, so lange
man wolle, nach dem Gelübde der jungfräulichen Keuschheit leben möge,
und dabei bezeugt hatte, daß es tausendmal besser sei, frischlich und unver-
zagt aus dem Kloster auszuspringen und göttlich zur Ehe zu greifen, denn
teuflisch sündigen im Kloster: redete er die Beichtväter in den Klöstern sehr
hart an, daß sie den armen Gewissen in dem Fall nicht zu Hilfe kämen, sondern sie, ohne ihnen recht zu rathen, in ihrem Elend ließen. Um so entschiedener wies der Prediger auf die Lehre vom rechtfertigenden Glauben hin.

Die Predigt hatte in Wien großes Aufsehen erregt bei Freund und
Feind. Speratus selbst schreibt zwei Jahre später: „Ich weiß, daß meine
Worte noch zu Wien in Vieler Herzen klingen derer, die mich gehört haben.
Ich weiß und kenne ihrer viele, redlicher, christlicher und gelehrter Männer

zu Wien, derer die hohe Schule daselbst nicht werth ist, und wie viel hundert, meinst du, sind Einwohner zu Wien, die das Wort Gottes nur heimlich stehlen müssen? Ach Gott, laß dichs erbarmen, gieb daß es einmal besser wird. Siehe die Ehre deines allerheiligsten Namens an, erhöre uns, die wir täglich bitten: „Geheiliget werde dein Name." Er spricht von allerliebsten Bürgern und Brüdern zu Wien, die er vor dem gottlosen Gräuel des Pabstthums behütet wünschte. Luther, dem er die Predigt kurze Zeit nachher nach Wittenberg zuschickte, gefiel sie fast wohl, und er begehrte ihren Druck. Anders urtheilte die Clerisei zu Wien, „die unkeuschen Keuschen." Die theologische Fakultät ließ sofort den Inhalt der Predigt als einen kezerischen untersuchen und stellte acht Artikel aus derselben zusammen, „die nach Kezerei stinken." Sie bildeten die Grundlage einer Anklage wider Speratus vor dem Bischof und erschienen unter dem Titel: „Die irrigen Artikel voller Ergerniß und Kezerei, so neulich am Sonntag, am 12. Tag des Jenners, auff dies 22. Jahr in St. Stephans Kirchen zu Wien von einem Doctor, Paul Speratus genannt, seind geprediget worden." Der Angeklagte, welchen kein öffentlicher Beruf an Wien band, zog es vor, durch Abreise von Wien sich dem Kezergerichte zu entziehen. Nachdem er dreimal öffentlich vorgeladen und nicht erschienen war, wurde er durch öffentlichen Anschlag als ein nach kanonischem Recht Excommunicirter erklärt, zugleich allen Predigern Wiens befohlen, die von Sperat vorgetragenen Lehren öffentlich zu widerlegen. Speratus aber benutzte die erste Muße, welche ihm zu Anfang des Jahres 1524 zu Wittenberg ward, um auf die acht Klagartikel, welche ihm unterdessen zugekommen waren, Rechenschaft zu stehen. Er that dieß, während Luther gleichzeitig die Artikel, welche die Theologen zu Ingolstadt aus M. Arsacii Seehofers Schriften verdammt hatten, in Schutz nahm, in der Schrift[3]): „Widder das blind und toll Verdamniß der siebenzehn Artikel von der elenden schendlichen Universität zu Ingolstadt ausgangen. Martinus Luther. Item der Wienner Artikel widder Paulum Speratum sampt seiner Antwort. Wittenberg 1524. 4." Hören wir, in welcher trotzigen Sprache sich Speratus dieser Aufgabe entledigte.

Der erste Artikel hatte ihm vorgeworfen, in seiner Predigt von Verschnittenen geredet zu haben. Speratus entgegnet: „Hört, hört, ich muß auf Oesterreichisch mit euch reden, ihr lieben Käsesuppen zu Wien! Die Schötzen oder verschnittenen Hämmel heißt man Kastraunen östreichisch; darbei verstehe du die Geistlichen, die sich der Verschneidung, d. i. Gelübb der Keuschheit berühmen. So bekenne ich nun meinen Irrthum, daß ich das Kastraunenfleisch, d. i. Mönche und Pfaffen zu Wien, die Verschnittenen geheißen habe. Ei, was habe ich nur hingedacht, da ich eine so große Lugen that, dieweil sogar am Tage liegt, daß unter hunderten kaum Einer verschnitten ist. Laßt uns hie sehen, was die Wienischen Theologen für einen Titel mit diesem Artikel verdienen; sie verdienen fast wohl, daß man sie die ungelehrten

Eselsköpf nennen soll, die nicht wissen, was Castratus heißt." — Der zweite Artikel beschuldigte den Prediger, den Mönchen heimliche unnatürliche Sünden vorgeworfen zu haben. Speratus erklärt das für eine öffentliche Lüge und Mißdeutung seiner Worte. — Der dritte Artikel hob die Worte der Predigt hervor, in welchen die Klöster gelobt wurden, aus welchen man, wenn man wollte, aus und in die Ehe treten könnte. Darauf lautet die Verantwortung: „Ich bekenne, daß ich also gesagt hab. Das müssen aber gottlose Buben seyn, die das verdammen dürfen, das Gott selber lobet und haben will, nemlich: Gott auch in Klöstern mit freiem Willen dienen; denn die Christen heißen die Freiwilligen, an keinen Stand, Geberd, an keine Zeit oder Statt gebunden. Und diese Henker und Stockmeister des Antichrist wollen nicht allein wider die christliche Freiheit und der Gefangenen Gewissen ihres Ordens Genossen zwingen, unehelich zu bleiben, sondern wollten auch andern gern auflegen ihr teuflisch Joch des ewigen Klostergelübds, die noch von Alters her ein Fürbild anzeigen, wie vor Zeiten alle Klöster gewesen sind, nemlich darin man in christlicher Freiheit keusch gelebt hat. Ich wollt euch solcher Klöster über zwanzige nennen, die ich weiß, obschon ihr ungewanderten Pascaler nichts darum wißt." — Der vierte Artikel klagte Speratus an, er habe gesagt, daß Klostergelübde nichts hinzuthun über das Gelübde der Taufe. Jener antwortete: „Also hab ich christlich und recht gesagt, ihr verdammt es aber unchristlich und wider Recht. Nemlich es ging vielleicht bäß hin, so einer ein Gelübd thun wollt, er that das in einer andern Meinung, die seiner christlichen Profession und Regel gemäßer wäre; in solcher Meinung, nicht daß er dasselbig achtet für ein Gelübd, sondern gleich für eine heilsame Erinnerung des rechten und ersten Taufgelübds oder sonst für ein Wahrzeichen zu gutem Exempel, damit er seinen Glauben bezeugen wollte. So ist offenbar, soll das Gelübd der Keuschheit gut seyn und Gott gefallen, so muß das nicht aus solchem Gelübd kommen, sondern aus dem Glauben, darin es geschehen ist, der Glaub ist aber, das wir in der Taufe versprochen haben. So viel nun der Glaub mehr ist denn Jungfrauschaft, so viel ist das Gelübd des Glaubens oder die Taufe mehr denn das Gelübd der jungfräulichen Keuschheit, wo es schon rechtschaffen geschehen wäre, geschweige denn, daß die Klostergelübde, wie sie eine lange Zeit bisher beschehen sind, ohne und wider den Glauben beschehen sind." — Der fünfte Artikel enthielt den Vorwurf, Speratus habe gesagt, es möge keine Sünde bei dem Glauben beschehen. Jener antwortet: „Mich wundert, daß ihr Sophisten vom Glauben und von der Sünde reden dürfet und wisset so gar nicht, was Glaube oder Sünde ist. Ich hab also gesagt: Das erst und recht Gelübd des Tauffs läßt sich nicht binden weder an sonderliche Werk noch Stätt oder Zeit. In allen Werken, an allen Orten, zu allen Zeiten soll ein Christ gute Werke thun. Und dieweil nichts destoweniger ein jeglicher rechter Christ ein Sünder ist und bleibt, so müssen nicht allein gute Werk aus dem Glauben sein, sondern auch etliche Sünde nit für Sünde um des Glaubens willen von Gott gerechnet werden." — Der sechste Artikel lautete: Item zum Hohn und zur Schmach den versperrten Klöstern hat er gesagt: Kümmere dich nichts um deinen Guardian oder Prior, wenn die Versuchung in dich kommt, und hat noch auf deutsch hinzugesetzt: Spring heraus aus dem Kloster. Darauf entgegnet Speratus: „Ich habs zu Lob Gott und zur Seligkeit meiner Nächsten, die in Klöstern gebrennet werden, gesagt, und mein Gewissen hat mich zwungen darzu; aber meine Worte lauten viel anderst denn eure Worte, die lauten: Nu laß mir sie frei durch Gottes Willen. Die verantwort ich mit einem einigen Wort, welches nicht mein, sondern St. Peters: Man muß Gott mehr gehorchen denn den Menschen. Wann der Prior oder Guardian sagt: Nicht werd ehelich, ob du schon brennest! sprich da: Nein, Paulus gebeut 1. Cor. 7: Es ist dem Menschen gut, daß er kein Weib berühre; aber um der Hurerey willen habe ein jeglicher sein eigen Weib, und eine jegliche habe ihren eigenen Mann. Darum so ich befinde, daß ich zu einem Manne beschaffen bin, der eines Weibes nit gerathen kann, ehe will ich wider dich Prior und Guardian und wider alle Welt sündigen, dann weder du noch niemand für mich gen Himmel oder gen Höll fahren wirst." — Der siebente Artikel klagt Sperat an, er habe gesagt und geprediget lutherische Meinung, die von der katholischen Kirche verdammt sei. Jener erwidert: „Hier macht ihr euch offenbar selbst zu Lügnern; denn ohne Zweifel hättet ihr einen solchen Artikel nur den wenigsten gehört von mir, so ihr lutherisch nennt, doch christlich seind: Ich müßt zehnmal ein Ketzer sein, ihr würdet ihn am ersten haben gesetzt als den Hauptartikel. Nun nennt ihr keinen; ihr wüßt keinen. Trotz sei euch auch geboten, daß ihr einen wider mich aufbringt, ihr Lügner. Salva grammatica." — Der achte Artikel endlich machte namhaft, Speratus hätte von den Schulgelehrten gesagt: Du heißest Schulgelehrter, wär besser, du hießest Gottesgelehrter! Speratus antwortet: „Ei, welch eine große Sünd das ist, ohn Zweifel ein Sünd in den heil. Geist! Wer mag es vergeben? Ich bekenne es, ich wollt, daß die Schulgelehrten zu Wien würden Gottesgelehrte! Das soll nimmermehr sein, sondern über gemeldte Titel sollen sie noch den verdienen und behalten, daß sie verstockte Widerschriften allweg heißen müssen, Augen haben und nicht sehen, Ohren haben und nicht hören. O lieben tollen Pascaler, ich sollt euch Theologen nennen d. i. Gottesgelehrten; das wollt ihr nicht haben; und billig, denn ihr seid es nicht, wollts auch nit werden; aber ich wollt, wärs möglich, ihr bekehret euch, Amen. Das ander Geschwätz, betreffend Doctor Carlstatts Artikel, gehet mich gar nichts an. Darum ichs nit verantworten will. Christum hab ich geprediget und sonst niemand; den habt ihr also verfolgen wollen; das mußt werden offenbar, damit man sich vor euch zu hüten wüßt, darum ich euch auch hiermit will geantwort haben; bessert ihr euch nicht daraus, so muß ich es geschehen laſſen, noch hoff ich, ſo man euch aus dieſen Früchten erkennen wird, daß ihr ſo viel deſto weniger hinfort werdet in der Kirchen Schaden thun."

Speratus hatte dieſes Schriftchen mit einem vom 26. April 1524 aus Iglau datirten Begleitſchreiben an die Wiener theologiſche Fakultät abgeſandt: „Wir haben euch bisher gepfiffen, jetzt klagen wir euch, d. h. wir haben Alles verſucht und verſuchen es noch, indem wir allenthalben bald von der rechten, bald von der linken Seite mit der Waffenrüſtung des Wortes Gottes angehen, um euch doch endlich zur Beſinnung zu bringen. Nachdem ihr wiederholte freundlichere Zuſchriften abgewieſen habt, ſo laſſet euch jetzt dieſe ſchärfere gefallen. Leſet und gefällt es euch, ſo fahret auch ferner in der eingeſchlagenen Richtung fort. Möchtet ihr doch endlich mit Chriſto zu Gnaden kommen. Lebet wohl!" Die Wiener Theologen blieben die Antwort nicht ſchuldig; ſchon im Juni des gleichen Jahres antwortete in ihrem Namen Dr. Johann Camers in einer Schrift: Theologicae Facultatis universitatis studii Viennensis Doctorum in Paulum, non Apostolum, sed suae farinae hominibus ἀνὰ τὴν πρόςθεσιν ἐτιμόνον Speratum Retaliatio. Viennae 1524. 8.[1]) Dieſe Streitſchrift überbietet an maßloſer Gemeinheit und eigenliebigem Selbſtlob Alles, was die leider überreiche theologiſche Streitliteratur jemals zu Tage gefördert hatte. Ihr Verfaſſer rühmt ſich gegenüber dem zweijährigen Brüten ſeines Gegners über einer Widerlegung, ſeine Antwort in zwei Tagen niedergeſchrieben zu haben, und bittet ihm dieſe Zeitverſchwendung zu gut zu halten. Schon über den Taufnamen des Gegners ergeht ſich der wohlfeile Witz: Speratus ſollte ſich nicht nach dem großen Apoſtel nennen, da er nur ein Paululus, Pauxillulus, Doctorulerus ſei; er wird angeredet: Paulus Desperatus, Speratum dicere voluimus, oder Desperatorum Spes Speratus. Mit der naivſten Unwiſſenheit und anmaßendſten Blaſirtheit wird über die dogmatiſchen Streitpunkte leichtfertig weggegangen, um aus der Literatur der römiſchen Komiker das Zeug zu holen, mit welchem Sperats Name lächerlich gemacht werden ſoll. Die Schrift iſt ein buntes Waarenlager der ſchmutzigſten Schimpfwörter und der trivialſten Gemeinplätze, welche die theologiſche Fakultät ſich nicht entblödet wie am Schaufenſter auszuſtellen und auszubieten. Hier einige Proben des Tones, welchen die theologiſche Fakultät in dieſer langen Schrift anſchlägt; man wird es gerechtfertigt finden, daß wir ſie in der lateiniſchen Sprache wiedergeben: Speratus citat Pauli dictum: Nostra conversatio in coelis est. At Sperato conversatio in coeno plus quam grata. Et utinam non gratior in Eugiis. Quidam ex Sperati contubernio, in multorum corona, iureiurando etiam interposito, retulerant aliquando, hunc ipsum Speratum nunquam divina persolvere. nisi sacris prius digitis terque quaterque Philelphicum δακτύλιον contrectarit. Quid quod impura lingua sua acitet idem saepius. Si cupis, o Lector, Speratum noscere paucis, pone tibi diligenter ante oculos, quales fuerint eius parentes, qualis eiusdem educatio, quale a puero studium, qualis vagus discursus, postquam discessit ex ephebis, quae loca incoluerit, qualis ab iisdem locis recessus tandem, quibuscum fuerit assidue conversatus, quos quaeve docuerit, quales eius auditores, sodales, convivales, contubernales, qualia Sperati cotidiana commertia, quales compotationes, quales fautores eiusdem, quale supercilium, qualia literis demandarit, quos in coelum tollat quosve elevet, quales proiiciat ampullas et sesquipedalia verba in Papisticos, religiosos, universalia studia passim omnia, quibus conviciis eos afficiat, qui in eius verba iurare noluerint, quo ventoso fastu sese efferat etc. So äußern sich die Wiener Theologen über die Person ihres Gegners, aber hören wir auch die „papageienhafte Geschwätzigkeit, mit welcher sie sich über dessen Schrift äußern: Totus hic infamis libellus pisitat, cacabat, gratitat, tetrinit, gruit, pipat, lipit, pulpat, crocitat, frigulat, glocorat, pipit, cucubat, fritinit, bubulat, cucubat, ululat, rancat, rugit, caurit, felit, uncat, frencet, barrit, mugit, quirritat, oncat, grunnit, multit, gannit, glaucitat, mintrat, desticat ac dirarum serpentum more sibilat, quid horrendum. Wir begreifen, daß der mit diesen Waffen Angegriffene, so schlagfertig er auch sonst war, es nicht nur für überflüssig, sondern auch unter seiner Würde erachtete, den Streit mit einer Gegenantwort weiter fortzuspinnen.

2.
Aufenthalt in Iglau.

Die Kunde von dem beherzten Auftreten des evangelischen Glaubenszeugen war bald von Wien aus zu den Evangelischen in Ungarn gedrungen. In diesem Lande hatte die Reformation anfänglich einen eben so raschen Fortschritt als in Deutschland genommen. War auf der einen Seite der Boden für Luthers Lehre in Ungarn schon durch die Hussiten vorbereitet, die sich besonders in den Jahren 1440—1453 im Norden des Landes angesiedelt und ihre Lehre unter den stammverwandten Slaven mit solchem Erfolg verbreitet hatten, daß in Kurzem die in der Karpathengegend von Preßburg bis Kaschau wohnenden Slaven größtentheils utraquistische Hussiten waren; so arbeitete auf der andern Seite der tiefe Verfall, welcher die römische Kirche der damaligen Zeit auch in Ungarn kennzeichnete, dem Reformationswerk in die Hände. Die kirchlichen Aemter waren hier meist nur in den Händen eines habgierigen Adels; das sittlich religiöse Leben des Volkes war übel zerrüttet; nur in den ruhigen Thälern des hohen Karpathengebirgs fanden sich noch Vertreter wahrer christlicher Frömmigkeit unter den Slaven und Deutschen, und diese waren es auch, welche gleich in der ersten Zeit die Wittenberger Sache mit aufrichtigster Freudigkeit begrüßten. Angeregt durch Luthers Schriften lehrten bereits im Jahre 1522 an der Akademie zu Ofen in Luthers Sinn die Professoren Simon Grynäus und Vitus Binshem; freilich wurden sie schon 1525 verbannt. Unter den Geistlichen waren Thomas Preisner zu Leibitz in Zipsen, der schon um's Jahr 1520 in evangelischem Geist predigte, Johann Cordatus, Stadtpfarrer in Ofen, welcher später aus Ungarn vertrieben, in Zwickau Pastor wurde, und auch der Leutschauer Johann Henkel, Beichtvater der Königin Maria, der lutherischen Lehre mit treuem Herzen und mit bedeutendem Erfolg zugethan. Zu ihnen sollte sich auch Speratus gesellen, welchen die Stadt Ofen berief, als seines Bleibens nicht länger in Wien sein konnte. Er war auch entschlossen, dem Rufe Folge zu leisten, aber die Theologen Wiens wußten mit ihren Lügen und Verleumdungen den schwachen König Ludwig zu bestimmen, daß er den Speratus aus Ungarn auswies. Dieser schreibt: „war gleich daran, sollt mich hinab rollen lassen, da fingen die tollen Theologen zu Wien ein Spiel mit mir an, daß mein Zug gen Ofen hinterging."

Nachdem dieser Plan vereitelt war, zog es den unermüdlichen Evangelisten nach Böhmen, wo die seit Luthers Auftreten neuangeregten vorreformatorischen Bewegungen eben in hohen Wogen gingen. Sein Ziel war zunächst Prag, von wo aus er sich wieder Oberdeutschland zuwenden wollte. Als ihn aber seine Reise durch das an der Igla gelegene Städtchen Iglau führte, ward er von dem Abt des dortigen Dominikanerklosters aufgefordert, die Predigerstelle an der Klosterkirche anzunehmen. Er schreibt später an die Iglauer: „Als ich zu der Igla war, begehrtet ihr mein auch nicht, denn ihr wußtet mich nicht; aber euer Wolf, der Abt, begehret meine und nahm mich zu einem Prediger, versah sich aber nicht, daß ich das Evangelium predigen sollte, sondern allein ihm in die Küche dienen. Das verstand ich anders und predigte euch das Evangelium. Wir nahmen Christum für uns, der lehret uns anders, denn bisher der Pabst hatte gethan. Da ging uns aller erst das rechte Licht auf, da sahen wir nun unsern Greuel, da erkannten wir uns, da funden wir den rechten Weg, wo hinaus, wer selig werden will. Wir prüften, daß es alles vorhin Irrthum gewesen war und eitel Verführung in Abgrund der Hölle." Wirklich fand das Evangelium in Iglau eine willige Aufnahme bei der Gemeinde; um so schneller bereute der Abt die Wahl seines Predigers: „Mein gnädiger Herr der Abt konnte es nicht leiden, es ging ihm am Opfer ab, den Mönchen an den Käsen. Da wurden Pilatus und Herodes gute Gesellen, ganz eins der Abt und die Bettelmönche, die sich vor nie mit einander vergleichen konnten. Allweg lallen die Mönch und besonders die vom heiligen Kreuz wider des Abts Prediger, er wär wie er wollt, deß ihr mir alle mögt Zeugniß geben; sie wollten je den Vortanz führen, die Pfarr, ja Christus müßte allweg den Schwanz halten. Aber jetzt war niemand lieber denn der Abt, hätte niemand je größere Freunde gesehen denn ihn und die Bettelsäck, ja da man Christum kreuzigen sollte!" Um so entschiedener nahm anfänglich die Gemeinde für ihren Prediger Partei: „Das Evangelium gefiel am ersten jedermann wohl; ja da mich die Feinde des Evangeliums antasteten, verfluchten mich, letzerten mich, wollten mich vertreiben, lief jedermann zusammen, wurden eins, sie wollten mich nicht lassen, schwuren zusammen. Ich gedacht selbst, da ich solchen Ernst sah, es ging überall aus einem rechten Geist daher; da war es bei vielen nichts denn Peters Teyding, der mit Christo in den Tod wollt gehen; ehe er aber das einmal that, verläugnet er sein zu dem dritten Mal. Dieser Bund ward gemacht, und ich begehret es nicht, sondern daß man mich ziehen ließ, wo ich gewest, denn ich allweg Sorge trug, wie es sich denn erloffen hat. Da ermahntet ihr mich herwieder, ich sollt mit nichten weichen, wo ich anderst rechte Sache geführt hätte, sondern ich sollte bei euch verharren und meine Lehr vertheidigen, damit ihr wisset, derselbigen als der Lehre Christi wie bisher zu glauben und nachzufolgen. Nur möcht ich nicht weiter, ich müßt bleiben und dieses erkennen für eine Forderung mein zu dem Dienst eurer Kirchen, d. i. zu dem bischoflichen Amt, zu vertheidigen, was ich gepredigt hätte. Denn solches je aus willigem Geist herausging, obschon dem Fleisch seine Schwachheit noch damit anhing. Ihr wisset wohl, daß solches im Rathhaus, da Rath und Gemein bei einander versammlet war, alles wie ich es hie erzählt hab, gehandelt worden ist, und nicht zwanzig oder dreißig auf das Meist (ich meine Mönchsvetter) davon sind ausgeblieben. Und nemlich sollte kein Stein auf dem andern bleiben, Leib und Gut müßte ehe daran, ehe ihr euch wolltet dringen lassen von dem Evangelio, ja auch ehe ihr mich lassen wolltet. Ich konnte und wollte dazumal eure Geister nicht urtheilen, auslöschen durft ich sie noch weniger; ich hatte wohl eine Sorge dabei, es ginge nicht bei allen aus rechtem Grund daher, darum ich derselbigen halben lieber davon denn dabei gewesen wäre. Noch drang mich mein Gewissen, nicht zu thun wider meine Erforderung. Nicht daß ich das Kreuz fliehen wollte, welches bei dem Evangelio sein muß oder gewiß bald nachfolgen; denn auch als der Heiligmacher des Kreuzes geboren ward, regierten schon, die ihn verfolgen sollten, sondern daß ich mich dünken ließ, mein Geist saget mir, was Aergerniß aus solcher eilender Vermessenheit in künftiger Zeit sich erheben wird, wie mich denn derselbig mein Geist nicht betrogen hat." Von Anfang stellte sich der Olmützer Bischof Stanislaus Turza, dem Speratus von Wien aus als Feind der römischen Kirche geschildert worden war, diesem mit Drohungen entgegen. Zwar gebot die Rücksicht auf „die gemeine Landschaft" einige Mäßigung in der Verfolgung: doch wurde der eifrige Prediger genöthigt, im Lande hin und her zu ziehen, um Schutz gegen heimliche Kläger nachzusuchen. „Wir sind erschienen, wo und wie oft sie wollten, nun in das ander Jahr, in dem Land hin und her mit großen Kosten bis in das eilfte Mal gereist, und wenn man es rechnen wollt, etwas über hundert Meilen bei der Weil zu vierzehn, etlich geistlich, etlich weltlich, als wir es nennen, etlich aus dem Rath, etlich aus der Gemeine; wir haben supplicirt lateinisch, deutsch, böhmisch, vor dem König, vor den Bischöfen, vor allen Räthen, nicht wir allein, sondern mit uns eine ganze Landschaft zu Mähren, und haben dazu nichts Unrechtes begehret, sondern das man auch bei den Türken erlangen möchte, nur allein, daß man uns doch ein einiges Mal erhörte. Das haben wir nie erlangen mögen. Das noch mehr ist, wir haben nie erforschen können oder herausbohren, Wer doch unsere Ankläger wären, auch ist uns nie angezeigt worden, was Schuld uns gebricht, worin wir doch und von Wem wir verklagt worden sind. Nichts desto weniger ist ein Mandat über das andere vom königlichen Hof über uns ausgegangen, ein schweres über das andere von dem an, das euch gebot bei zwanzig Mark Golds, ihr sollet mich von euch thun, bis auf das, das solches wieder gebot bei Verlierung aller Privilegien, Lehen und Güter gemeiner Igla-Stadt und daneben gedrohet, wo ihr euch daran nicht kehren wollt, so sollt Bann und Acht über euch hernach folgen, ja königlicher Zorn würde so groß werden, daß Ihre Majestät selber ein Heer vor die Stadt schlagen wird, dieselbige in Grund und Boden zu zerstören. Ich mein, das heiß Könige zu Narren gemacht, soll man anderst glauben, daß Königliche Majestät von Ungarn um diese Tyrannei gewußt hat, das ich doch gleich schier unmöglich achte. Es muß Alles unter Königlichem Namen daher fahren, sollts schon der größest Erzbub gethan haben. Der edel König eine solch gute königliche Art anzeigt, und als viel an ihm bewußt, daß kein Uebel bei ihm zu fürchten wäre, wo ihn nicht seine und seiner Lande größte Feinde und Tyrannen gefesselt hätten; Gott wolle ihn einmal aus ihren Banden ledig machen!" Endlich aber glaubten die Feinde des Evangeliums, der rechte Zeitpunkt zum Losschlagen sei gekommen, als König Ludwig im Sommer des Jahres 1523 nach Olmütz gekommen war. „Zuletzt aber über das alles ward uns ein Tag vor königliche Majestät gen Olmütz gelegt, da wir gewiß sollten vorkommen und verhört werden; deß wir uns auf das Allerhöchste erfreuten, zogen dahin, wie vor an andere Orte auch geschehen war. Was half es aber? Wir lagen zu Olmütz achtzehn Tage, sagten uns überall an, bei Fürsten und Herren, auch Königlicher Majestät. Es sahen und wußten uns Mönche und Pfaffen, Prälaten, Abt und Bischoff. Es war auch vorhanden der Legat von Rom. Niemand wollt uns verklagen, niemand wollt uns hören. Wie gieng es denn zu? Da heut der Fürst und der Herr hinwegzog, morgen ein Anderer, und auch königliche Majestät selbst aufbrach, da fieng man den Ketzer, und leget mich in Thurm, gebot, man sollt mir Wasser und Brod zu fressen geben, und dennoch desselbigen nicht genug, wiewohl es besser ward. Da lag ich; was schwieg ich denn nicht? Warum sagte ich die Wahrheit? Nein, nein, es muß ungeschwiegen sein, frisch frisch hinwieder; es gilt nur einen stinkenden Madensack, den Körper. Seht zu, das war alle Gerechtigkeit, die sie mit mir brauchten, die frommen heiligen Väter. Ja daß man doch sehe, wie recht sie mit mir gehandelt hätten, machten sie am nächsten Tag darnach, als ich gefangen ward, ein Freudenfeuer, beraubten die Buchkrämer und die frommen Bürger, wer lutherische Bücher hätte, und verbrannten sie daselbst auf dem Markt bei dem Pranger. Das müssen je feine Gesellen sein. Ja, sie verbrannten auch das neue Testament von Martin Luther verdolmetschet, darum daß allein der Name Wittenberg darauf geschrieben stund. Das heißt je Ketzerei genau gesucht, von eines Wörtleins wegen das ganze Evangelium verbrennen! Ich meine, sie wollten, daß alle Bibeln verbrannt wären, lateinisch, griechisch und hebräisch, dazu in allen Sprachen, so viel ihrer ist auf allem Erdboden. Es wäre ihnen auch gut, daß sie verbrannt wären, so kommen sie doch einmal der Ketzer ab. Denn solche Ketzer, wie sie für Ketzer achten, allein aus der Bibel kommen. Weil sie nicht alle Bibeln verbrennen, so hilft es nichts, man müßte alle Bibeln vor verbrennen. Ach, wie wundergern thäten sie das; es ist ihnen aber nicht möglich. Das einige kleine Büchlein wird sie noch nicht allein selber zu Ketzern machen, sondern auch anzeigen vor aller Welt, daß sie Ketzer sind, auch sie stürzen, wie solchen Ketzern zugehört; wird die aber nicht Ketzer machen, wie sie uns aus der Bibel Ketzer heißen, sondern daß sie wider das Büchlein fechten, verdammen und verfluchen Gottes Wort, das darin geschrieben steht. Es soll bald ein Ende mit ihnen werden; ich besorg nur, es müssens unser etliche noch erleben."

Mittlerweile war auch in der Gemeinde Iglau das Feuer der ersten Liebe erloschen: „Man schrecket uns gar bald nur mit Fledermäusen, die an Höfen wohl so gemein sind als die schmutzigen Suppen, ich meine mit Lügenmandaten, fälschlich vom Hof ausgebracht. Wir erschracken ob den Mönchsgugeln, Gugelzipff fürchteten wir als ein feurig Schwert. Die heillosen Räsbuben stürmten all unser Beständigkeit, da wir noch nie bis zum Blut hätten Widerstand gethan; es galt noch keinen rechten Ernst, noch fiel es dahin. Nicht ein Wunder: also war es herzu gefallen. Pfuh, pfuh der Schande, wo mans sagen wird, so wir anderst nicht noch herwider handelten und darin mit Gottes Hülf beharren wollten, dadurch wir vor Gott, vor der Welt und allem himmlischen Heer solche Schmach und Schand ob uns bringen möchten. Es ist noch gut, wir sind weder die Ersten noch die Letzten. Viel Heilige sind gefallen, sind aber wieder aufgestanden und nach dem Fall witziger worden; das sollen wir auch thun. Aber wir müssen weiter davon reden, damit wir inne werden, wie dieser unser Fall nicht allein uns und dem Evangelio schändlich, sondern auch über die Maßen uns und dem Nächsten schädlich worden ist.... Denn auch etliche unter uns also gehört werden: Wie sollen wir ihm thun? Wir haben je zusammen geschworen. Als ob sie sprächen: Hätten wir das Bier wieder im Faß, und wäre Speratus mit dem Evangelio, wo er wollte; wir müssen aber doch von Ehren wegen etwas thun. Aus dem zu merken ist, daß wir eben, da es sich gleißen ließ, wir suchten nicht unser Ehr, unser Ehr und nicht Gottes Ehr gesucht haben. Wo es nun auf diesem Grund stehet, da muß es gewiß zu Boden sinken. Wäre Gott unser Grund gewesen, hätte er diesen Bau wohl tragen mögen. Wie gieng es aber? Da unsere

Feinde so viel merkten, ließen sie nicht nach, so lang bis sie Annas, Kaiphas, Herodes und Pilatus vermochten, Christum zu verspotten und zu kreuzigen, nicht jetzt in ihm selbst, sondern in uns und eigentlicher in mir, den sie zwölf Wochen unverhört gefangen legten. O was großer Freud sich da erhub unter dem Haufen der Kinder Belial. Einer lobet Gott, daß der Ketzer gefangen ward, der ander wollt das Holz, mich zu verbrennen, von der Igla gar gen Olmütz schicken; ja Etliche aus unserem Haufen mit laicheten; Etliche ließen es gutlich geschehen, die zuvor den Tod nicht fürchten wollten. Und ja die Allerbesten aus uns nicht weiter bis an den Oelberg oder gerieth es gar wohl, in Annas Hof nachfolgeten; nicht weiß ich, ob auch etlich mein einmal oder drei gar verläugnet haben, nicht mein, sondern Christi, in dem ich mich, nicht mich in mir will ausgenommen haben." Da während Speratus im Gefängniß schmachtete, die Stadt Iglau durch eine Feuerbrunst fast ganz zerstört worden war, deuteten die Papisten diese Heimsuchung als ein Zeichen göttlichen Zornes über die Ketzer, und ihre Erklärung hatte um so mehr Schein für sich, als unter den wenigen vom Feuer verschont gebliebenen Häusern eben das Kloster der Dominikaner zum heiligen Kreuz sich befand, während des evangelischen Predigers Wohnung ganz in Flammen aufgegangen war. Anders natürlich deutete Speratus dieses Ereigniß: „Noch wollt Gott unser nicht vergessen, suchet uns heim zu dem andern Mal, schicket seine Ruthen über uns, als ob er damit spräch: Sehet an, dieweil ich euch lieb hab, will ich euch züchtigen, ich will es je alles mit euch versuchen, Gutes und Böses. Ich meine die elende und jämmerliche Brunst. Was soll ich sie anders nennen, denn eine väterliche Ruthe? Damit uns Gott wieder hat heimgesucht und wir dasselbig sollten erkennt haben, wie Jeremias in seiner Klage spricht am 1. Cap.: Der Herr hat von oben herab das Feuer geschickt in meine Gebeine d. i. sein väterlicher Wille ist es oben im Himmel gewesen, daß uns dieses Feuer zur Züchtigung käme und uns brennete, nicht an der Haut zeitlicher Güter allein, sondern vielmehr innen im Bein und Mark, d. i. an der Seele zu einer Besserung; denn Haut und Bein gewöhnlich in der Schrift Güter und Seel verstanden und geheißen wird. Wiewohl sie sprechen, es sei diese Straf von meinetwegen kommen. Bewähren es, wie das heilig Kreuz zu der Igla, da die Predigermönch ihrer Abgötterei dienen, hab ein Zeichen gethan: denn dieselbig Mördergrub in der Brunst geblieben sei zu einem Zeichen, daß die frommen Väter ja gerecht sollen sein. Wundert mich, was für ein Zeichen sei, daß auch das gemeine Haus und des Henkers Haus nicht verbrennet sind; denn diese drei ehrliche Stück gleich mit einander ausgekommen sind. Es sollt wohl Gurr als Gaul sein, wo man anders auch die ersten zwei nicht viel besser achten soll, denn eben ihr Tempel ist. Ja, welcher Heilige hat mit Hansen Schönthon ein Mirakel gethan, dessen Haus auch geblieben ist, den sie doch für den allerärgsten Lotter und Ketzer urtheilen, der in ganz Igla-Stadt ist. Ich will aber hie still schweigen und mein Maul nicht wie sie in

Himmel sperren. Will sich die Wahrheit, die am Tag liegt, selber lassen verantworten. Sie wird wohl als lang wahr bleiben, als lang sie also dawider lügen dürfen. Hie ist sie und spricht: Hätten mich meine Henker und Scherganten in dem allergeringsten Stücklein gewußt mit der Wahrheit zu beschuldigen, ich wäre jetzt nicht der ich bin. Sie geben sich selbst zu viel gröblich schuldig, daß sie so hart und fast beschuldigen, können und mögen doch gar nichts beweisen, so sie fahen und tödten wollen, lassen doch so leichtlich wieder ledig, daß sie nicht mit der Wahrheit sagen dürfen, es sei mir Gnad bewiesen worden, und so sie es schon lügen, wer wollts glauben? Man weiß wohl, daß weder Gnad noch Barmherzigkeit, voraus in diesem Fall, so viel an ihnen gelegen, bei ihnen ist. Das alleredelste Blut, den frommen König für seine Person will ich hie wie überall in meiner Sach ausgeschlossen haben. Da glaub ich nicht allein Gnad erfunden sei, nicht der Meinung, daß sie mir Uebelthat nachgelassen habe, sondern daß er sich über mich vonwegen meiner Unschuld erbarmen ließ, dermaßen ich mich noch bei Sr. Königl. Majestät aller Gnaden und Gutes versehen wollte. Er liegt aber noch schwerer gefangen, denn ich je gefangen saß; Gott helf ihm einmal heraus. Amen. Deßhalben überall offenbar ist, daß sie unredlich an mir gehandelt haben, d. i. an dem Evangelio, herwider (als ich hoff und getraue) ich recht und christlich gehandelt, nicht in meiner Kraft, sondern in der Kraft Christi, da ich solches von ihnen um Christi willen gelitten habe. Wer weiß, so ihr dergleichen hättet gethan, ob diese Straf kommen wäre? dünket euch nicht, Gott rede also mit euch in dieser Brunst: Sehet, ich hab euch geschickt das Evangelium, und ihr nahmet es an, ließet aber euch bald davon abschrecken, eben allein durch Mönchsverfolgung, die sind euch die größten Tyrannen gewesen, wiewohl sie es nie Wort haben wollten. Darum strafe ich euch durch dieses Feuer. Wo ihr aber euch an diese Straf nicht kehren wollt, so will ich euch noch eine größere Straf schicken: die Mönche, die ihr fürchtet, da ihr von dem Evangelio tratet, oder nicht dabei stehen wolltet, die müssen eure Herren und Tyrannen bleiben. Darum laß ich ihren Fürstenpalast bleiben. Ach, erschrecket ob diesem Herrn. Huren und Buben sind besser denn sie, Henker und Mörder viel frömmer und leidenlicher. Darum laß ich mit ihnen auskommen Henker und Hurenhaus, daß ihr eines aus dem andern kennen sollet. Und dieweil sie Hansen Schönthon noch ärger denn Huren und Henker halten und verschmähen, wiewohl er der Ehren vor der Welt fromm ist, hab ich den auch erhalten, daß sie ja erkennen, wo er schon der wär, für den sie ihn mit ihrem Herzen urtheilen, daß sie ihn mit guten Ehren dennoch ihren Gesellen bleiben ließen."

Zwölf Wochen blieb Speratus unverhört im Kerker. Der Gelehrte Doctor Juris Dubrawuis, welcher später zum Bischof von Olmütz erhoben wurde, versuchte vergeblich an dem auf Gottes Wort gegründeten Bekenner seine Bekehrungskünste. Von verschiedenen Seiten verwandte man sich für den

Gefangenen. Speratus erzählt: „Etliche der Mächtigsten, die ich nicht nennen will, dieweil nicht Ursach ist, wollten, daß mir nicht Unrecht geschehe, wollten aber auch daneben, wo ich unrechte Sache geführet haben erfunden würde, sollte mit mir wie recht gefahren werden." Seine Errettung dankte er zumeist dem frommen Könige, der wohl von seiner Gemahlin Marie dabei geleitet wurde. Noch später schreibt Speratus an den Markgrafen Albrecht: „Gott hat geschickt, daß der großmächtigste Fürst und Herr die Augen recht aufthat, erkennet, was die Sache war, und ließ mich auf's Allergnädigste ledig, doch mit Unterscheid." Dieser Unterscheid war die Bedingung, daß er Iglau und Mähren verlasse; er sollte nicht predigen, die Iglauer ihn nicht hören. Diese Auflage ward dem Speratus schwerer zu ertragen als seiner Gemeinde. Jener wäre entschlossen gewesen, jeder Gefahr Trotz zu bieten, aber die Iglauer zauderten und schwankten. Sie wollten wenigstens für die nächste Zeit dem Befehl nachkommen und beurlaubten den mit schwerem Herzen sich von ihnen trennenden Prediger für einige Zeit, unter dem gesuchten Vorwand, derselbe möge, da ihm so viel Bücher im Werth von Hundert Gulden bei der Iglauer Feuersbrunst verloren gegangen seien, sich wieder andere, „als dann einem jeden christlichen Prediger wohl geziemt", erwerben, nachmals aber, „ob Gott will, in kurzer Zeit sich wieder zu ihnen verfügen und das Wort Gottes wieder verkünden." So schreiben die Iglauer in dem Speraten mitgegebenen offenen Brief vom 7. September 1523 und setzen hinzu: „Dieweil sich bemeldeter Doctor Paulus Speratus bei uns redlich und ehrsamlich gehalten und uns treulich das Wort Gottes verkündet hat, achten wir uns schuldig, ihn bei andern unsern guten Herrn und Freunden, zu denen wir eigentlichs und sonder gutes Vertrauen haben, in guter Hoffnung Förderung zu erwerben, bitten all und jeglich dienstliches Fleißes, wo gedachter Doctor Paulus sich zu euch verfüget und euch zu seinen billigen Nothdurften ersuchet oder anrufen thät, um Gottes und seines Worts willen, auch angesehen unsere freundliche Bitte günstlich befohlen haben und guten Willen mit Fütterung zu thun, wollen wir solches um alle und einen jeden sonderlich gern vergleichen und verdienen."

Speratus schied aus Iglau, aber sah das Band mit seiner alten Gemeinde noch keineswegs als gelöst an. Noch fortwährend betrachtete sich der nur Beurlaubte als ihren Bischof, und als solcher erachtete er sich verpflichtet, sobald es die Gemeinde begehrte, sich wieder zu ihr zu verfügen. Schon einige Monate nach seiner Abreise sandte er ihr zu Anfang des Jahres 1524 von Wittenberg aus eine Zuschrift, deren ungebeugten trotzigen Geist wir bereits aus obigen Citaten kennen lernten. Sie führt den Titel: „Wie man trotzen sol aufs Kreuz widder alle Welt zu stehen bei dem Evangelio. An die Igler. Paulus Speratus nach der gefenknis zum newen Jar. Gedruckt zu Wittenberg 1524. 4." Die Schrift führt eine staunenswerth glaubensdreiste Sprache und verdient, daß wir aus ihr noch Einiges mittheilen.

Nach einem apostolischen Segenswunsch schreibt Speratus an seine lieben Brüder in Christo: „Gott sei mein Zeuge, daß ich mich täglich aus ganzem Herzen sehnen und belangen laß nach diesem fröhlichen Tag, daran ich mich wieder zu euch, euch in dem Wort Gottes zu meiner und eurer Seligkeit zu dienen, verfügen möchte, bei denen ich ohne Zweifel aus dem Willen Gottes solch Wort (gebe Gott nützlich) zu predigen angefangen hatte. Doch wie der Teufel nimmer feiert, ist soviel durch seine Apostel geursacht worden, daß ich bisher darin fürzufahren, wie denn mein und euer Wille war, geirret und gehindert werde. Aber so viel desto weniger daran gelegen ist, so mein und euer Gewissen hierin dermaßen allwegen gestanden ist und noch stehet, daß uns der Teufel, wie listig und trotzig er ist, nicht allweg nach seinem Muth hindern und irren soll, sondern als wir gute Hoffnung haben, wie er sich sammt seinem Anhang bisher selbst an uns hat öffentlich zu Schanden gemacht, also soll er hinfür an uns noch gröber zu Schanden werden. Wir haben je Gottes Wort; deß trösten wir uns und sind gewiß, dafür er mit nichten bestehen mag, und ob er schon Berg auf Berg für sich mauret und alle Creatur zu Hilfe nähme, auch er allein und jede seine Gehilfen besonder stärker wären tausendmal, denn er und sie alle mit einander sind: noch soll es ihn nicht helfen; ja Himmel und Erd, er und alle Creatur darin müßten ehe zergehen und lauter zu nichten werden, ehe das wenigst Spitzlin von den Worten unsers allmächtigen Gottes sollt unnütz werden oder vergebens geschrieben seyn oder nicht lebendig seyn und bleiben, auch Andere, so daran haften und hangen, nicht lebendig machen und ewiglich für allen Pforten der Hölle erhalten. Was wollen wir uns denn fürchten bei einem so starken gewaltigen Gott, deß gewisse Worte wir haben, davor sich alle Apostel des verfluchten Satans nicht dürfen blicken lassen, verkriechen sich in die Winkel, ihr eigen boshaftig Gewissen, das sich der Unwahrheit schuldig weiß, wie giftig und verstockt es ist, macht sich selbst verzagt, darf nicht an das Licht herfür, seine Sach redlich zu vertheidigen, lügt und trügt, verrathet und verkauft allein in der Finsterniß, so wir von Gottes Gnaden nie anders begehrt haben, auch noch nicht anderst begehren, denn daß man uns an das Licht kommen ließ, an welchem wir unsers Glaubens einem Jeden tröstlich, dazu gutlich wollten Rechnung geben. Aber erbieten wir uns, wir wollen antworten, so wollen sie uns nicht hören; begehren wir an sie, daß sie uns lehren und unterweisen, doch mit Schrift, der wir glauben dürfen, so wollen sie es noch weniger thun. Ja, ich schwür einen Eid, sie könnten nichts; können sie es aber und wollen es doch nicht thun, so sind es die ärgsten Erzbuben, die die Welt je getragen hat. Was sollen wir nun thun? Wir haben es schon alles versucht, das immer mit Fug und Glimpf versucht hat werden mögen: was wäre nun der rechte Griff mit ihnen, damit uns doch für ihnen über geholfen würde? Fürwahr ich weiß keinen andern Fund oder Rath, denn daß wir ihnen trutzlich und tröstlich unter Augen stehen und sprechen, man müsse Gott mehr gehorchen denn den Menschen, dieweil je kein Bitten, kein Erbieten noch was Anderes helfen will. Kürzlich, daß ich es mit einem Worte beschließe, thun wir das nicht, so sind wir ewiglich verloren und haben gleich jetzt den schweren Gotteszorn über uns; nicht einen Augenblick sind wir sicher, daß uns nicht die Höll verschlucke, wie Dathon und Abirom geschah, da sie wider Mosen aufstunden von wegen des guten Lebens, das sie in Aegypten hatten. Wird uns dies zeitlich Wohlleben so lieb seyn, daß wir wider den sünden, der ein Gott Most und Aller ist: wehe uns, wehe uns! Ja, über wehe, so wir diese größte Sünde wider ihn thun, d. i. so wir die Menschen über ihn setzen, ihre Gebote mehr achten denn seine Gebote; das kann er je und mag's in die Länge nicht leiden, und voraus von denen, die vor sein Wort und Licht, als wir, gehabt und angenommen haben; hie ist die Sach am Allerfährlichsten." In den beweglichsten Ausdrücken warnt Speratus seine Gemeinde vor der Kreuzesflucht und erklärt sich dann bereit, jeder Gefahr zu trotzen, falls sie ihn als ihren Bischof wieder haben wollten: „An mir hat es noch nie gefehlet, soll auch, ob Gott will, nimmer fehlen. Es ist aber auch Noth, daß ich euer Gemüth dabei verstehe, ob es noch in vorigem Willen beharrig sei, wiewohl ich deß guter Hoffnung bin, und das darum, daß ich weiß, ob ich noch euer Bischof sei, wie ich mich achte aus gemeiner Wahl, dadurch ich von euch erfordert ward, darauf ich mehr halt, denn daß mich der Abt aufgenommen hat, der als ein Tagelöhner und Knecht von euch gewichen ist; halte auch vielmehr auf solche Wahl, denn daß mich der Bischof geölt und beschoren hat. Dieweil aber ein Bischof nicht länger ein Bischof ist, denn so lange als der Gemeinde Wille, dadurch er gefordert ist, gegen ihm beharret, so will von Nöthen seyn, daß mir von euch euer Will in diesem Fall eröffnet werde, damit ich meiner Erforderung als noch beständig vergewisset sei, mich darnach zu richten. Darum thut auch das Euer dazu, denn meinen Willen habt ihr schon. Was ihr aber thun wollt, thut dermaßen, daß nicht noch größeres Aergerniß daraus kommen möge, als dann geschehen müßte, ob wir schon wieder hinangiengen, doch abermals vom Kreuz fielen. Es ist aber das nicht in unserer Kraft, darum wir vor allen Dingen Gott darum bitten sollen, aber bitten in starkem Glauben, so wird er uns mittheilen seinen guten Geist. Das thut ihr daheim mit einander, so will ich es auch thun und hab es lang gethan und Gott heimgesetzt. Sagt mir mein Geist, ich soll euch mit nichten verlassen. Wird euch das auch sagen euer Geist, daß ihr mich wieder begehren sollt, so geschehe, was der Wille Gottes ist, doch ohne alle unsere Vermessenheit: nicht daß wir meineten, wir möchten aus uns selber in diesem Fürnehmen bestehen und wollten darum neue Eide und Verbindungen zusammenschweissen, sondern es ist genug, daß wir es jetzt also in dem Herzen haben; weiter daß es in dem Herzen bleibe, sollen wir täglich Gott bitten darum, der in uns angefangen hat, daß er dasselbige in uns bestätigen und erfüllen wolle, also daß wir allweg in der Furcht Gottes bleiben, so wir erkennen unsere angeborene Blödigkeit. Petrus meinte es gar gut, er fiel dennoch. Er ward aber viel klüger nach dem Fall, hielt sich nimmer so schnabelschnell als vor. Da ihn der Herr fragte: Petre, hast du mich lieb? durfte ihm selbst nimmer vertrauen, stellet es alles dem Herrn heim, sprach: Herr du weißts, daß ich dich lieb habe; als ob er spräche: Ich kenne mich selbst nicht sowohl als du. Dergleichen wir auch sollen thun." Speratus hält den Iglauern jetzt nochmals ihre Verzagtheit vor, welche sie zur Verläugnung geführt habe, und fährt dann fort: „Dieweil ich mich noch für euren Bischof und Hirten acht, euch durch evangelische Forderung zu dienen verordnet, so muß es noch meine Seele kosten oder ich will euch in Christo durch sein Wort den Wölfen (das Gott geben wolle) aus dem Rachen reißen, wo ihr anders selbst dem Wort und Gnaden Gottes nicht widerstreben wollt und meinen willigen und schuldigen Dienst hierin nicht ausschlagen und verachten. Wo aber ihr (davor Christus sein wolle) mich nicht wollt, so müßte ich es geschehen lassen. Noch wollte ich, so lange es mir mit gutem Gewissen möglich wäre, über euch nicht abschütteln den Staub meiner Füße, noch weniger vergönnen, daß Feuer über euch vom Himmel herabfiele, wie die Apostel, noch unvollkommen, begehrten über die Samariter, da sie Christum auch nicht aufnehmen wollten; sondern vielmehr wollt ich noch für euch bitten, oder doch sollte und müßte es mir sehr zu Herzen gehen, ob ich schon sähe, daß Bitten nimmer helfen wollte. Ich hoffe aber, dieweil ihr vor Augen sehet die große Tyrannei und Ungerechtigkeit, wider uns geübt, hermieder wißt und mit mir bewiesen habt so groß Erbietigkeit, gesucht allen Fug und Glimpf, darum wir die Gerechtigkeit für und mit uns haben, auf die wir uns tröstlich verlassen mögen. Deßhalben sage ich noch einmal: Ich hoffe, daß ihr ehegemeldete zwiefältige Heimsuchung Gottes, dadurch er uns an ihm, der die Gerechtigkeit selber ist, behalten wollte, nicht umsonst werdet lassen geschehen seyn; nicht allein zu verhüten künftigen größeren Zorn über uns, sondern vielmehr von Liebe wegen der Wahrheit und Gerechtigkeit, auch um Gotteswillen selbst und Christi seines Sohnes, ja von wegen des Evangeliums, zu dem wir uns mit Glauben und der Taufe verbunden haben, also daß ihr (dieweil uns Gott je haben will und uns so oft erfordert und treibt zu sich) wieder zum Kreuz herzutreten werdet, welches je der einig Weg gen Himmel ist, dadurch der Name Gottes allein in uns will und muß geheiliget werden, wie wir alle Tage bitten. Hie ist Seligkeit, anderswo überall folgt nichts denn lauter Verdammniß. Wer nun selig will seyn und darum seyn, daß er Gott ewiglich lieben und loben möge, der muß sich hie herbeifinden lassen, da wird nichts anders aus, das denk man nur nicht. Nun wäre ja das an euch eine große Thorheit, dieweil ihr so gewisse Anzeigen erfunden habt, dabei wir uns wider unsere Feinde gerecht in diesem Fall vor Gott erkennen mögen, daß ihr ja euch also narren wolltet mit etlichen großen Zwispünstlern, die auf beiden Seiten schneiden wollen, das Licht und Finsterniß zusammen sperren, Christum und Belial, die zwei größten Feinde (das doch nicht möglich ist) zu guten Gesellen machen. Ja, sie lassen sich nicht begnügen, daß Gott ihr Gott sei, Pabst und sein Concilium muß auch Gott seyn und Gewalt haben mit Gebot und Verbot nach ihrem Willen, ja wider und über Gottes Willen die Gewissen zu regieren, die ihm doch Gott selbst allein zu meistern vorbehalten hat. Und waschen also unvernünftiglich herein: Ei, wir wollen und sollen auf ein Concilium warten, dürfen dem Wort Gottes nicht eher glauben und vertrauen, denn so die armen, elenden, blinden, sündigen Menschen darüber sitzen und nach ihrem tollen und thörichten Kopf, ob es anzunehmen sei oder nicht, entschließen, als ob die ewige Weisheit Gottes von ihren Kindern sollte oder möchte gestraft oder gerechtfertigt werden. Ich meine, die hinken auf beiden Seiten, wie der Prophet sagt, oder auf das wenigest, für den einen Fuß gehen sie auf einer hölzernen Stelze, die warlich durchs Feuer am jüngsten Tag verbrennen wird, daß sie mit dem andern Fuß, wie gut und gesund er ist, nirgends hinkommen mögen, müssen bleiben und ewiglich verderben. Was ist das geredet? Merk, die Apostel sind grundfestig des Glaubens, aber nicht selbst beständige, sondern gegrundfestet in dem rechten selbstbeständigen Grundeckstein Christo. Dieweil aber sonst die Apostel gepreiset werden von der Schöne ihrer Füße, und Christus auch ein Apostel (Hebr. 2.) genannt wird, läßt es sich wohl in einem Gleichniß reden, daß wir die Lehre Christi und die Lehre seiner Jünger in ihm für zwei Füße verstehen, darauf wir laufen mögen in die Erkenntniß Gottes, d. i. in den Glauben. Die Lehr der Apostel ist ein rechtschaffener Fuß, wir mögen uns darauf verlassen, denn wie sie gelehrt und gepredigt haben, also ist's durch ihr Leben bezeugt worden. Christus aber und seine Lehre ist der andere und der rechte Fuß, darauf sich auch dieser erste steuret und gründet mit einander. Christo sollen wir glauben, denn er die Wahrheit selbst ist; den Aposteln sollen wir glauben, denn sie aus dem Geist derselbigen Wahrheit, die Christus ist, und nichts Anderes geredet haben. So wir das thun, so sind beide Füße gesund und stark in Gott zu laufen. Das ist: so wir Christo glauben, der uns den Vater zeigt, von dem er gesandt ist, und glauben ihm von seiner selbst wegen; nachmals so wir den Aposteln glauben und Anderen, die Christum predigen, in Christo, nicht als Menschen glauben, d. i. sofern sie aus gewissem Geist Christi reden. Wenn nun der Pabst sagt mit allen seinen Conciliien, und wären es lauter Engel vom Himmel, er habe Macht zu gebieten und verbieten über die Gewissen außerhalb der Schrift, so ist es erlogen und mag es auch durch keine Schrift erweisen ewiglich; du aber glaubst es, so wirfst du hin den guten Fuß williglich und steuerst dich auf einen hölzernen Stelzen, d. i. du glaubest den Aposteln nicht, die nichts denn das Wort Gottes aus dem Geist Gottes geführt haben, und hängst dich an einen Menschen, der wohl so verflucht ist, als heilig er sich schelten läßt, der dir nichts denn seine Gedichte und Lügen vorbläuet; fußest du darauf, so fährest du mitsammt ihm dahin in ewige Verdammniß. Soll man denn dem Pabst nicht glauben?

Ja nichts, so viel die Gewissen antrifft, nicht das wenigste, ja er soll noch ihm selber nicht glauben, sondern neben uns treten und mit uns anschauen und hören, was Gott mit uns allen redet durch Christum, den er uns allein, keinen ausgenommen, weder Pabst noch Päbstin, weder Bischof oder Bader, ihn allein zu hören fürgehalten hat; wie oft muß man es denn noch sagen? Sagt er uns aber vor die Worte Christi, der Gott ist, so wollen wir ihm glauben, und das heißt wahrhaftiger nicht ihm glauben, sondern Gott, und Christo, der von Gott gesandt ist, deß Diener und Bote ein jeder Prediger seyn soll. Gehest du aber auf diesen Stelzen herein, glaub sonst in Gott, wie du willst, sei der ander Fuß in deinem Sinn als gesund und gut er woll, leb und thue wie viel und was du willst, fast dich zu Todbett, bis du toll und thöricht wirst, gib all dein Gut armen Leuten durch Gottes Willen, so hilft es alles nicht, denn es fehlt dir am rechten Hauptstück, wie er dir gebeut: du sollst nicht fremde Götter haben vor mir, ich bin allein der Gott, der das Gewissen mit Gebot und Verbot durch den Glauben regieren will, ich bin ein Eiferer: die Ehre, die mein eigen ist, laß ich mir nicht nehmen; nimmst du mir sie aber und gibst sie einem Menschen, so will ich dich wohl finden darum, dich und deinen Abgott einmal stürzen, und das ewiglich. So oft und viel ich euch davon gepredigt habe, solltens schier die hölzernen Götzen in der Kirche wissen und verstehen, daß nicht seyn soll noch möglich ist, ja daß es die allerschmählichste Gotteslästerung ist, sein Wort nicht eher halten wollen, denn erst, so es durch ein Concilium, daß mans halten soll, erkennet wird. Stehlen, rauben, morden, verrathen und verkaufen ist unsäglich geringer denn das; doch daß man es greifen mag, muß ich mit den groben, knorrigen, storrigen Stelzerköpfen eine grobe Disputation und Frag halten. Aber verzeiht mir, lieben Brüder, und ärgert euch nicht daran, daß ich sie also rauh anfahren muß; sie wollen nicht anderst. Hilf Gütigkeit, man könnt des Sinns auch wohl seyn. Ich bin gewiß, daß lauter Lieb im Herzen ist. Aus Liebe zürne ich also, doch daß ich dabei vor Gott nicht sündige, wie er auch will, daß man zürnen soll, und doch nicht sündigen. Wir müssen ja Guts und Böses versuchen mit ihnen. Ich frage sie, ob sie doch glauben, daß die Schrift und Evangelium von Gott und Gottes Wort sei oder nicht? Sprechen sie: ja, sie glauben, es sei Gottes Wort, so folgt, daß kein Concilium dasselbige zu bewähren nothdürftig ist, dieweil sie jetzt schon glauben, daß also wahr sei, wie es in der Bibel gelesen wird. Denn Gott je nicht lügen kann. Glauben sie aber nicht, daß es Gottes Wort und wahr sei, so wird es niemand weder wahr noch Gottes Wort machen, ob alle Menschen mit allen Engeln und Teufeln dazu thäten und darüber säßen, ob die Todten weder aufstünden und zu uns träten, auch die noch bis ans End der Welt sollen geboren werden, jetzt vorhanden wären, und ein jeder unter uns allen so weise als Salomon wäre, ja tausendmal weiser, so heilig als S. Peter und S. Paul, David, Moses, Abraham. Was wollen wir draus machen? Es hälfe nichts, und so wir lauter Engel würden, wir setzten, böten und verböten was und wie wir wollten, noch würden wir nicht Christen daraus, ob wir es alles schon hielten oder ließen, dieweil Gott allein den Glauben geben mag, welcher Glaub allein anzeigt, daß alles, was in der Bibel geschrieben ist, von Gott und Gottes Wort sei, daß Gott uns die Dinge sagt, die darin verfaßt sind. Kürzlich kein Mensch macht mir Gottes Wort, nur allein der Geist Gottes in mir; höre ich Gottes Wort vom Menschen, der macht, daß ichs erkenn für Gottes Wort, also daß ich muß von Gott selbst gelehret seyn. Gott muß mirs über alle Vernunft ins Herz selber sagen. Sagt er mirs aber also ins Herz, so erkenn ich durch diesen Geist nicht allein, was Menschenwort sind, sondern ich kann auch wissen, was im Menschen ist, baß denn er selbst, ja was der Teufel im Sinn hat, daß mich niemand durch falsche Lehre verführen mag, er schmücke sie und preise sie, wie hoch und fast er wolle. Sprichst du: Willst du denn auch einen Gott machen aus dir, der die Herzen kennt? Ich bin nicht Gott, hab ich aber sein Wort und faß es mit dem Glauben, so bin ich in Gott, in ihm weiß und erkenn ich alle Dinge, die er mir durch sein Wort hat geoffenbart. Er hat mir aber durch sein Wort (so viel ich bedarf) geoffenbart, nicht allein wie Engel, Mensch und Teufel gesinnt sind, sondern auch was sein Herz selber ist, daß ich durch sein Wort ihn und alle Creatur, weß ich mich gegen Jedermann versehen soll, urtheilen kann, also daß ich mit seinem Wort zu allem Guten mich zu halten weiß, vor allem Schädlichen zu hüten, man verblüme es wie man wolle. Hat nun und braucht ein Concilium nicht das Wort Gottes allein, so weiß ich und bin gewiß, daß es nicht aus Gott ist. Denn Concilium nicht über, sondern unter dem Wort Gott (soll es recht seyn) bleiben muß; ja soll sich noch nicht neben Gottes Wort setzen, noch viel weniger es gelten soll, wenn es ohne Gottes Wort ganz und gar bloß dahereinführt. Das sollt Heinz Narr schier gelernt haben. Nicht Concilium zeigt mir das Wort, sondern das Wort Gottes zeigt mir, wo und welches ein Concilium ist oder sonst ein Teufelsgeschwärm. Thu mir den Knopf auf, so will ich dich für einen Meister halten. — Aus diesem lasse sich nun niemand verwundern, daß keine Güte noch Bitte, kein Sagen noch Predigen, weder Verheißen noch Dräuen, weder Trösten noch Schrecken helfen will, weil es also zu muß gehen und Gott in diesem Pharao also seine Gewalt erzeigen will. Loben wir und danken Gott, daß er uns die Augen auf hat gethan, welches seiner Gnaden ein gewisses Zeichen ist. Diesen Schatz sollen wir um alle Welt nicht geben. Ach lieben Brüder, bitten wir, daß er auch in diesem Licht uns erhalten wolle, daß er uns hie züchtige, damit wir mit dieser Welt nicht gerichtet und verdammt werden. Dieses aber allein geschehen wird, so wir durch seine Gnade an seinem Wort fest hangen bleiben, auf kein Menschendreck uns verlassen, davor fliehen als vor Sünd, Tod, Teufel und Hölle. Was sagen aber seine Worte? Dieß sagen sie durchaus, daß wir zu seiner Lehre nichts hinzusetzen, nichts davon reißen sollen, daß wir ihm durch Menschenlehr nichts dienen können, auch ob wir schon der Werk nicht gerathen mögen, wir müssens und sollens thun, daß wir doch nicht durch die Werke mögen selig werden, sondern allein durch den Glauben seiner Barmherzigkeit. Mit den Werken sollen wir durch die Liebe dem Nächsten dienen. Der Glaube ist Werk Gottes, da hat er genug an. Ueber die und andere dergleichen Artikel in der Schrift gegründet sollen nicht Gewalt haben anderst zu machen Menschen, Engel, Teufel. Stehet doch also auch geschrieben: Ich hab euch noch viel zu sagen, daß ihrs jetzt nicht ertragen möget? Lieber, soll darum das Pabstum hier gestiftet seyn und die römische Kirche? Als ob sie mehr verstünden oder ertragen möchten die fleischlichen Menschen, denn die Apostel mochten. Wer wills glauben? Warum prangest du nicht herfür mit dem, das hernach folgt? Es wäre aber wider dich und stöße dir das ganze Pabstum mit seiner Kirchen zu Boden. Wie heißt es denn? Also spricht Christus: Wenn aber jener, der Geist der Wahrheit, kommen wird, der wird euch in alle Wahrheit leiten. Hör und flehe: Er spricht: euch, euch Aposteln. Es wäre ja närrisch geredet: Ich werde schicken zu euch den heiligen Geist und er wird kommen zu euch, soll aber nicht euch, sondern den Pabst leiten. Hätten nicht die Apostel sprechen mögen: Was soll er denn bei uns thun? Es läßt sich auch nicht also verstehen, dieweil er in alle Wahrheit spricht, daß er den Aposteln ein Theil und unvollkommen die Wahrheit eröffnet habe und erst dem Pabst und Concilien den rechten Griff zeiget. Wie muß es denn seyn? Also: Er wird euch leiten in alle Wahrheit, d. i. Meine Worte, wiewohl sie lauter Geist sind, noch höret ihr sie nicht mit geistlichen Ohren, ihr seid noch zu fleischig und unvollkommen dazu, wiewohl ihr den Geist schon nach der Maß, wie euch jetzt möglich ist, empfangen habt durch das, so ich euch erwählet habe, welches ohne Geist nicht hat zu mögen gehn. Ich will aber, daß ihr allen Geist meiner Worte erkennet. Ich muß euchs in das Herz und Geist hinein sagen, das mögt ihr noch nicht ertragen, wiewohl ich also noch viel mit euch zu reden habe. Der heilige Geist aber, der kommen wird, er wird der seyn, durch den ich, was ihr jetzt nicht tragen möget, mit euch reden werde, nicht andere Worte, sondern eben meine Worte, die ich euch gesagt habe, und wird euch in alle Wahrheit leiten, wird euch derselbigen Worte rechten Verstand geben. Und dieser Verstand ist, was ich mit euch zu reden habe, also daß ihr dasselbige nicht mehr nach dem Fleisch, sondern in und durch den heiligen Geist geistlich verstehen und erkennen sollt. Ist dem also? Wir wollen denn auch die Apostel zu schalkhaftigen Knechten teylen; haben sie alle Wahrheit also von Christo durch den heiligen Geist gelernt, so ist kein Zweifel, sie haben uns dieselbige Wahrheit alle durch denselbigen Geist auch mitgetheilt. Wir wollen denn klüger seyn denn Christus und sein Geist, auch denn alle Apostel, so sollen wir nicht weiter fragen, sondern uns an dem genügen lassen, das sie uns gegeben haben. Was wollen wir doch mehr, wenn wir alle Wahrheit haben? Haben wir aber nicht alle Wahrheit, so ist es unsere Schuld, daß wir sie nicht heraussaugen aus der Schrift, dazu denn die Concilia dienen sollten; wollten sie ja christlich sein, so möchten wir sie wohl leiden, sonst sehen wir sie nicht an. Alle Wahrheit haben wir, so wir die haben, die uns zum Glauben und Seligkeit nothdürftig sind, die dann alle in der Schrift Gott verfasset hat. Ist etwas weiter wahres, als denn ohne Zweifel viel ist, was liegt daran, wenn wirs schon nicht wissen? so auch Christus sagt im Buch der Apostelgeschichte am 1. Cap.: Es gebührt euch nicht zu wissen die Zeit und Tage, welche der Vater seiner Macht vorbehalten hat. Daraus wir wohl verstehen mögen, was ihm Gott vorbehalten hat und uns nicht in dem allen offenbart, darin der heilige Geist die heiligen Apostel geleitet hat, damit sollen wir unverworren seyn. Nichts, nichts, lieber Pabst, nur lauter Wahrheit aus der Schrift wollen wir haben von dir; was du daraus wohl und recht kannst, das lehre uns, so wollen wir dir in Gott gehorsam seyn, sonst denks nur nicht. Sterben mögen wir, aber das können wir von dir nicht erleiden, so du uns auf deine Meinung dringen willst. Es wirds Gott auch nicht von dir leiden. Siehest du noch nicht, wie das einig, klar und kurz Wörtlein alles dich gar zu einem Lügner macht, wenn du sagst, du habest auch Gewalt zu lehren, wie dich und deine Concilia gut dünkt außerhalb der Schrift. Hat der heilige Geist die Apostel in alle Wahrheit geleitet, haben die Apostel uns, wie sie schuldig waren, nichts verhalten: was willst du uns denn über das lehren? Wo willst du es nehmen? Wer heißt dich es? Wer will dir glauben? so es lauter Unwahrheit ist, die man greifen kann. O Pabst, Pabst, hör auf! — Auch wollen etliche, man soll es die Pfaffen mit einander aufkochen laſſen; wenden Urſach für, ſie ſeien Laien und unverſtändig, ſollen und wiſſen ſich der Sache nichts anzunehmen. Was will aber uns daran gelegen ſeyn, daß du dein Leben lang ein Narr bleiben willst und Hans Achtſeinnicht? Wir wollen die Weisheit Gottes lernen, daß zu uns mit den thörichten Jungfrauen nicht sprech der Herr: Ich kenne euer nicht. Und wollen durch diese Weisheit Acht auf alle Menschen haben, daß wir sie aus ihren Früchten und Lehr überall wissen zu urtheilen. Geht es uns nichts an, so sie über dem Unsern zanken und hadern? Sie raufen sich wohl mit einander, aber fürwahr wir müssen unsere Haare darleihen. Sie kochen wohl ein Hadermuß ob dem hitzigsten Feuer ihres grimmen Haders, aber wir müssens also heiß ausfressen. Es wird uns Lung und Leber, ja das Herz im Leib verbrennen und alles, was in uns ist. Da liegen wir denn; wer will uns helfen?"

Speratus schließt seine Ansprache mit den Worten: „Lieben Brüder, es muß lauter auf das Kreuz wider alle Welt getrotzt sein oder ewiglich verloren. Fürwahr, sehen wir an, was wir wollen, so wird sich hie kein Anschub finden, der nicht groß gefährlich wäre. Sehen wir uns an, so äugt sich unser Taufgelübd, das dringt und zwingt uns, Christo Glauben zu halten, zu dem wir auf's Kreuz geschworen haben. Wir finden auch, daß uns die Sache selbst angehet, der sich unserthalben Niemand annehmen will. Ja die, denen solches am meisten gebührt, am allermeisten wider uns stehen, uns verfolgen am allerheftigsten. Wir müssen selbst daran oder großen Schaden nehmen. Sehen wir unsere Feinde an, bisher hat nichts geholfen mit ihnen, wie wir uns gegen ihnen gehalten haben, es wird noch nicht helfen. Nehmen wir vor uns unsere Nächsten, die wir geärgert haben, weil wir nicht wieder zusammentreten zum Evangelio, so besteht allweg vor ihnen noch die Aergerniß, die wir ihnen gegeben haben. Wer weiß, wären wir beständiger gewesen, wir hätten vielleicht mit unserem Exempel viele Andere herzugereizt, die also davon sind blieben, da sie sahen, daß wir uns mit geschwärztem Papier erschrecken ließen, und noch heute geachtet werden, als ob wir uns noch also schrecken lassen, so wir nicht einen christlichen Trotz hinwieder bieten, nicht mit Aufruhr oder Empörung wider die Obrigkeit; nein, nein, es soll nicht sein, sondern in Kreuz und in Leiden, was man uns darum auflegen kann. Sehen wir König, Fürsten und Herren an, so finden wir mehrer Theil lauter Kinder und weibisch Larven an ihnen. Die große Hur zu Rom buhlt mit ihnen, macht sie all zu Narren an ihr; ich meine, sie hab's ihnen zu fressen gegeben, sie können ja nicht von ihr lassen, wiewohl sie ihren Greuel selbst sehen möchten, wären sie nicht von ihr so trunken gemacht. Deßhalben auch hie wenig zu hoffen ist, wiewohl man für sie bitten soll. Hilft's, ist gut, hilft es nicht, im Namen Gottes! Noch sollen wir wissen, wiefern sie unsere Fürsten sind. Ach! wie gern sähen wir Gutes an ihnen, gönneten ihnen ihre Seligkeit sowohl als uns, darum sie Gott erleuchten woll, Amen. Sehen wir hin auf den Pabst mit seinem Anhang, siehe, da findet sich der rechte Ursprung alles gottlosen Wesens in dieser Welt. Das ist gewiß der Entichrist, wie auf ihn deuten alle apostolische und prophetische Schriften, die uns seine Früchte beschreiben. Wer ihn nun kennen will, der kennet ihn wohl daraus, er wolle denn gar ein Stocknarr sein. Da, da, mit dem Greuel; denk ihm Niemand, daß etwas helfen mög. Er hat sich gesetzt auf den Stuhl neben und ja über Christum, da will er und wird mit Gewalt sitzen bleiben, bis ihn Christus selbst mit seinem Athem in seiner Zukunft stürzen wird. O daß es nun bald geschehe, alle Creatur wartet und wartet darauf! Sehen wir auf künftige Zeit: wer will uns eine einige Stunde verheißen? Auch lieben Brüder, es wird nicht besser werden; nun sagt doch alle Schrift davon, daß die letzten Zeiten sollen grausam gefährlich sein. Stärken wir uns jetzt mit Gottes Wort, weil es noch friedlicher ist. Wird es an den Ernst gehen, so ists versäumt mit uns. So die Nacht kommt, wer will arbeiten? Wer will dir vorpredigen in dieser Noth, da wird ein jeder mit ihm selbst genug zu schaffen haben. Stellen wir uns vor Augen, wie vor allen Dingen geschehen soll. Er spricht: Wer mir nachkommen will, nehme sein Kreuz auf sich und folge mir nach! Wollen wir nun Gott nicht verachten, den Nächsten nicht weiter ärgern, die Gottlosen nicht also stärken, uns selber nicht tiefer versenken und (als zu besorgen wäre) unwiederbringlich verderben: so schließet sich gewaltiglich aus allen bisher erzählten Artikeln, daß wir hin=

wieder auf das Kreuz müssen. Wir können nicht hinum. Wollen wir selig werden, wir müssen da hindurch. Ja, lassen wir uns herzlich leid sein, daß wir es nicht längst gethan haben, vielleicht es wäre nie so arg und bös mit uns worden. Wir hätten die Widerpartei nicht gestärkt, das wäre je eins. Wir hätten nicht so viel Aergerniß gegeben, ists Andere. Dazu so hätte sich Gott vielleicht mit solchem Ernst nicht an uns gerichtet, oder so er uns je hätte also versuchen wollen, hätte er doch daneben der Versuchung ein Auskommen gemacht, daß wirs leichtlich hätten übertragen mögen. Darum eilen wir nur schnell wieder zum Kreuz und pochen darauf, es will je sonst nicht helfen. Es ist um lauter Mist zu thun, um das heillos verdammte zeitliche Gut oder, so es auf's Höchste kommt, um einen stinkenden Drecksack, den sündigen Leib, der ohne das gar bald sterben muß. Und so wir schon sein verschonen wollen, kann er doch keine Rast noch Ruhe auf Erden haben, keine Weil; all sein Freud und Lust ist augenblicklich und zergänglich, und ob's schon nicht also wäre, erstickt doch darin das Leben der Seele, wo man dem Leib das Kreuz nicht aufladen will. Eine unselige Freundschaft das wäre, die uns darin hindern wollte. Verfluchte Ehre, die uns hinhalten wollte. Höllische Freude und Lust, die uns vom Kreuze scheiden wollte. Kreuz, Kreuz, es ist kein Friede vorhanden, es muß gekreuzigt sein, so haben wir im Kreuz den Frieden zu Gott durch Christum, ders geheiliget hat. Tobe, wüthe, nehme, raube, banne, verdamme, tödte, verderbe die Welt wie sie will: der Seele, spricht Gottes Wort, können sie keinen Schaden thun, ja auch dem Leib nicht das wenigst Häärlein anrühren ohne Gott unsern Vater, der im Himmel ist. Ach ein heilsam Wort, darauf man trotzen mag. Der es geredet hat, ist allmächtig, der Allweiseste, der Allgütigste, darum will er, er kann und weiß, er ist auch mächtig genug dazu, daß er uns in ihm vor Welt, Sünd, Tod, Teufel, Hölle und Verdammniß erretten mag. Wen will das Wort nicht keck und trotzig machen: Seid getrost, ich habe die Welt überwunden (Joh. am 16.)? Selig sind und werden wir, so wir die Dinge von der unsinnigen Welt leiden von wegen der Gerechtigkeit, ja noch wollen und sollen wir bitten für sie. Was ist aber Gerechtigkeit? Nichts anderst als der Glaub in Jesum Christum, der für uns, da wir selbst nicht zahlen möchten, durch sein Leiden und Sterben bezahlet hat. Wir waren all Sünder, über die Gott billig zürnet und so lange zürnet, so lange die Sünde blieb. Die Sünde blieb aber, alleweile sie nicht bezahlet ward; nun war Niemand, der bezahlen konnte oder möchte. Darum ewiger Zorn Gottes zuletzt über uns einführen sollte ewigen Tod und Verdammniß. Zu diesem End lief Alles, das je in Sünden empfangen und geboren ward. Gott aber, der je den Menschen nicht zu Verdammniß wollte beschaffen haben, erdachte einen Sinn, dadurch die Sünde aller Menschen bezahlt wird. Dieweil aber sich nicht gebühret Gott solches mit Gewalt zu thun, es hätte der Teufel sonst sprechen mögen: Es ist mit Gewalt geschehen, hat mich wider Recht des Meinen beraubt; auch Gütigkeit gegen den Teufel, der

verbost und verstocket ist, nicht hätte helfen mögen: darum die Weisheit ein
solch Mittel anrichten mußte, dadurch sich der Teufel selbst betrüge. Also warf
Gott seinen Sohn in's Fleisch herunter, darin er dem Teufel verborgen war.
Wiewohl er bei der Weil argwohnet, er wäre Gott, bestand er doch in dieser
Wahrheit nicht, sondern ergriff Christum als einen gemeinen Menschen und
warf ihn in Tod hinein. Der Tod, da er nun Christum verschlucket hätte,
der das Leben ist, konnte ihn nicht halten, mußte ihn wiedergeben und selbst
darüber sterben, denn das Leben ihm sein Gift war. Der Teufel, da er diese
Ungerechtigkeit an dem Sohne Gottes begangen hätte, welche tausendmal
größer war denn aller Welt Sünde, gewann er keinen Zuspruch zu allen
Menschen mehr, für die der Sohn Gottes solches leiden wollte. Deßhalben
der Teufel mußt und muß noch alle dieselbigen ledig lassen. Die sind's aber,
die Christo glauben, daß er für sie also den Tod gelitten habe, damit Sünd
und Verdammniß mit einander überwunden. Wer nun also glaubt, dem mag
nichts mehr schädlich sein, er überwindet Sünd, Tod und Hölle in Christo,
mit dem er frei sicher hindurchdringt durch alle Widerwärtigkeit dorthin, da
Christus jetzt sitzt im Himmel, da wird er ewig bei ihm sein. Aber gewiß ist, daß
wer Christo nachkommen will, ihm allein auf dem Kreuz nachkommen muß; das
ist der einig Steg und Weg von hinnen in ewige Seligkeit. Komm nun Herodes, Pilatus, Kaiphas, Judas, ja alle Welt und kreuzige uns, trotzen wir
und sprechen: So Gott mit uns ist, als er gewiß durch den Glauben ist, wer
will wider uns sein? So der Teufel nicht mehr wider uns obsiegen mag, der
der Allmächtigste ist und ein Fürst über alle Fürsten dieser Welt, warum wollten wir denn fürchten die, die kaum Mücken gegen seiner Stärke zu schätzen
sind! — Das faßt mit dem Herzen, glaubts und bleibt hangen daran, so
werdet ihr für Gott und für der Welt mit Ehren bestehen; ja nicht allein für
der Welt, wiewohl es sich jetzt anderst scheinen lässet, sondern auch noch für
der Hölle und allen Teufeln, die euch darum keine Unehre zuziehen mögen.
Aber auch in dem Fall für der Welt, daß Niemand in der Welt sprechen darf:
Sie haben geredet und nicht gehalten, bunden und wieder zerrissen; wiewohl
ich auch, wie oben, auch hie wieder nur auf der Tauf Gelübd und allein anzusehen die Ehre Gottes weise und ermahnt haben will. Seht nichts Anders
an bei Verhütung ewiger Verdammniß! Also wird auch Aergerniß der Welt
gegeben aufgehebt, unsere Nächsten gebessert, die sich gebessert haben, stärker
gemacht. Es wird Freud im Himmel und auf Erd über uns werden. Trotz,
Trotz dem Teufel und aller Welt, der uns das wehren darf, aber Trotz!
Schickt ihr denn nach mir, will ich mich deß und alles Guten versehen. Schickt
ihr nicht, noch will ich euch nicht richten noch urtheilen, sondern also verstehen
und wissen, daß ich nicht mehr euer Bischof soll gehalten sein. Dieß habe
ich euch auf euer Begehren und schriftlich Ansuchen darum nicht verhalten
wollen, damit eurem und meinem Gewissen geholfen werde. Ob sie aber sagen
würden, dieß mein Schreiben lief wider Gelübd und Versicherung, so von mir

genommen ist, ehe ich ledig gelassen ward (wie gewon ist), liegt nicht daran. Werden sie deß sich unterstehen, müßte ich geursacht werden, dasselbige, wie ich weiß mit Gott und Ehren, auch aus gutem Gewissen hinwieder zu verantworten. Geschehe der Wille Gottes in mir und in euch und in allen ewiglich. Amen. Damit ein gutes seligs neues Jahr, nimmer in dem fleischlichen Adam zu veralten!"

3.
Aufenthalt in Wittenberg. 1523—1524.

Schon während seines Aufenthalts in Iglau hatte sich die Thätigkeit unseres Speratus über ganz Mähren ausgedehnt. Er war in genaue Beziehungen zu den Männern getreten, welche in Böhmen und Mähren der freien evangelischen Richtung Bahn gebrochen hatten; mit angesehenen Adeligen, auf deren Gütern sich die verfolgten Brüder angesiedelt hatten, war er in Verkehr gestanden und hatte die Vermittlung derselben mit Luther übernommen. So hatte Benedict Optat mehrere Fragen über das Abendmahl verfaßt, wozu ihm die Schriften der Brüder Veranlassung geboten hatten, und sie an Speratus nach Iglau übersandt, damit er dieselben beantworte; Speratus aber hatte die Fragen, anstatt allein darauf zu antworten, an Luthern eingesandt. Sowohl Luthers als Speratus' Antwort auf die gestellten Fragen wurde in Mähren veröffentlicht durch den Druck[5]). Luther urtheilte mit großer Milde und suchte in einem Brief vom 16. Mai 1522 auch Speratus für die Picarden, d. h. Böhmische und Mährischen Brüder, milder zu stimmen. Er schreibt: „Ich acht, der Picarden Artikel sind dir nicht lauter und rein fürkommen. Denn ich hab alle Ding aus ihnen selber erforschet, aber nicht erfunden, daß sie hielten das Brod im Sacrament des Altars für eine bloße Bedeutung des Leichnams Christi und den Wein allein für eine Bedeutung des Bluts Christi, sondern daß sie glauben, das Brod sei wahrhaftig und eigentlich der Leichnam und der Wein wahrhaftig und eigentlich das Blut Christi, wiewohl derselbig Leichnam und dasselbig Blut Christi in einer andern Gestalt da seien, denn sie in dem Himmel sind, auch anders denn Christus in den Geistern ist; also hält ihre Meinung der Wahrheit nicht fast unähnlich, wiewohl ich gern sehe, daß man sich in diesen Dingen nicht fast bekümmert, sondern schlechtlich und einfältiglich glaubet, es sei da in dem Sacrament des Altars wahrhaftiglich gegenwärtig der Leichnam und das Blut Christi und wir nicht weiter darnach frageten, wie oder in wasser Gestalt die fürhanden wären, dieweil uns Christus nicht sonderlich davon gesagt hat. Du würdest aber mit ihnen am Sichersten fahren, wenn du sie nicht urtheilest, so lang bis du vor alle Ding wohl erfahren haſt. Aber der Böhmen Artikel, die du mir ſamt den vorigen haſt zugeſchickt, gefallen mir gar nichts, denn ſie bringen und krümmen das ſechſte Capitel Joannis auf das Sacrament, ſo doch daſelbſt allein vom Glauben gehandelt wird." In einem zweiten Briefe vom 13. Juni deſſelben Jahres drückt Luther ſein Mißfallen darüber aus, daß ſich dieſelben Brüder in die dem Glauben fern liegende Streitfrage über die Anbetung Gottes im Abendmahl vertieften und verliefen, und rathet dem Speratus, ſolche müſſige Fragen durch Verachtung niederzuſchlagen. Beide Briefe, leider die einzigen, welche uns aus der Correſpondenz Luthers mit Speratus aufbewahrt ſind, zeigen das Verhältniß, in welchem Letzterer als Lehrer des Evangeliums zu den Brüdern und zugleich als ein Lernender zu Luthern als ſeinem Lehrer ſtand. Unter dem Schutz ſeiner angeſehenen Freunde hätte ſich Speratus noch eine Zeit lang in Mähren aufgehalten, um dann durch Böhmen, von wo er aus Prag ſeiner Iglauer Gemeinde erklärte, daß er ihr ſein beim Abſchied gegebenes Wort, ſich als ihren Hirten auch ferner zu betrachten, halten werde, nach Wittenberg zu reiſen.

Dieſer Wittenberger Aufenthalt war nicht nur für die äußere Lebensgeſtaltung Speratus', ſondern auch für ſeine innere Entwickelung und Sammlung von der größten Bedeutung. Der Mann, welcher bisher in ſtetem Kampf nach Außen ſeine Kräfte aufgerieben hatte, kam in die Stille des Studirzimmers; der bisher unausgeſetzt gegeben hatte, ſollte nun nehmen und im perſönlichen Verkehr mit den Reformatoren Wittenbergs lernen und ſich concentriren. Der trotzige Eliasſchüler ſollte zum ſanftmüthigen und demüthigen Chriſtusjünger werden, der eigenſinnige Autodidakt ſollte Diſciplin annehmen und unter das ſanfte Joch chriſtlichen Gemeinſchaftlebens ſich beugen. Ohne amtliche Stellung betheiligte ſich Speratus an Luthers literariſcher Wirkſamkeit, indem er mehrere lateiniſche Schriften des Reformators in's Deutſche überſetzte und mit erläuternden Vorreden und Zueignungsſchriften an ſeine früheren Gemeinden überſandte. Während ſeines halbjährigen Aufenthaltes in Wittenberg gab er folgende drei Schriften Luthers in deutſcher Ueberſetzung heraus: 1) die Streitſchrift wider den Dominikaner Ambroſius Catharinus vom Jahr 1521 über die Frage, ob der Papſt der Antichriſt ſei? 2) die Schrift an die Prager: de inſtituendis miniſtris ecclesiae vom Jahre 1523 mit einer Zuſchrift an die Chriſten in Salzburg und Würzburg unter dem Titel: Wie man Diener der Kirchen wählen und einſetzen ſoll; 3) die formula missae vom Jahr 1523 mit einer Widmung an die Gemeinde zu Iglau. In der Vorrede zu erſtgenannter Schrift weht noch ganz der kühne trotzige Geiſt des herausfordernden Streites Chriſti, der den Feind im eigenen Lager aufſucht, deſſen gewiß, daß der Herr ihn ſchon überwunden hat[6]). Speratus ſchreibt an den Leſer: „Biſt du der Schrift unerfahren und ungeübt, ſo komm her und lies in dieſem Buch, da wirſt du finden und lernen, was die rechte wölfiſche Art des Sohns des Verderbniß iſt. Wem wollen wir aber diese meine Verdolmetschung schenken oder zuschreiben? Eben dem allerheiligsten Stuhl, darauf der Endechrist sitzet. Nicht daß er sich dadurch erkennen und bessern werde, er ist und soll bleiben, der er ist, sondern am ersten darum, daß er sich darüber erzürnen soll und erst recht anfahen zu rasen und zu toben wider Christum in seinen Gliedern, damit er dem Zorn Gottes über sich herzuhelfe und er alsdann (darnach sich alle Creatur belangen lassen) desto eher von seiner Hoffart gestürzt werde. Zu dem Andern, es will je nicht anders sein, die rechten Christen, daß man sie dafür erkennen möge, müssen durch Verfolgung werden auferwecket, damit die Zahl der Märtyrer und unserer Mitbrüder erfüllet werde, dieweil je, wo nicht Kreuz ist, daselbst mögen auch nicht Christen sein. Es hat fürwahr Christus nicht umsonst gesagt Matth. 16: Will mir jemand nachfolgen, der verläugne sich selbst und nehme sein Kreuz und folge mir. Das thue, so wirst du leben. Amen."

In der an die frommen Christen zu Salzburg und zu Würzburg gerichteten Widmung der zweiten Schrift[7]) sagt Speratus, Luther habe ihm dieses sein Büchlein des christlichen Ecclesiasten in deutsche Sprache zu bringen befohlen, damit es nicht allein von Böhmen, sondern von allen andern Geschlechtern deutscher Nation zur Besserung gelesen und verstanden würde; „wie es denn mit höchstem Fleiß nicht allein gelesen, sondern, will man Christ werden oder sein, darnach gelebt werden soll, dieweil es nichts denn christliche Lehre einführet, also daß auch, wer Christum selber und seine Apostel in ihm hören will, dieß Büchlein er nicht verschlagen muß. Es sagt aber und lehret von dem, da kein Nothdürftigeres in der Kirchen ist, d. i. von dem Wort und seinem Diener oder Verkündiger, ohne welche die Kirche nicht eine Kirche ist, auch nicht eine Kirche bleiben mag, es wäre denn eine Kirche der Boshaftigen. Kürzlich, hier wird vorgemahlet, wie man sich mit Dienern im Wort Gottes versehen soll, oder aber, so man ja dieselbigen weder kann noch haben darf, wie man sich noch in dieser babylonischen Gefängniß wohl und christlich halten mag. Ich lasse alle anderen Büchlein bleiben in ihrem Werth, sie reden wovon sie wollen, sie seien hohe oder niedere; so siehet mich doch dieses Büchlein an, als das von der allerletzten Zuflucht und Rettung lehret, wo sonst nichts helfen will. Es muß je dazu kommen, daß man entweder auf das baldeste öffentlich und tröstlich die Sache also angreife, oder aber, daß jeder in seinem Hause daheim sich selbst des Worts allein oder mit etlichen seiner Nachbarn unterstehe, so viel er kann, in demüthigem Geist und Furcht Gottes zu predigen, ohne Zweifel, der Geist Gottes werde sein Leiter in alle Wahrheit sein durch dasselbige Wort Gottes, daß er ihm und Andern nützen möchte; sonst ist es gar verloren. Es wird uns der Widerchrist und seine Fischschuppen das Wort Gottes, deß wir zur Seligkeit nicht gerathen mögen, nimmermehr vergönnen wollen noch zu lassen stehen. Und so wirs von ihnen begehrten, was wäre das anders, denn daß wir wollten, daß Endechrist nicht Endechrist wäre und Welt nicht Welt sollte sein, das denn nicht möglich ist, als wenig der Mohr seine Farbe verlassen mag. So ich nun weiß, daß es also der Wille ist bei dem, der dieses Büchlein am ersten gepflanzet hat: warum wollte ich mit diesem meinen kleinen Wassern der Verdeutschung ein anders machen?" Sofort ermahnt Speratus seine alten Gemeinde alles Ernstes: „Harre, harre, wir sind nun etlichmal mit der Laden des Bundes um dieß Jericho herum und der rechte Josua Christus mit uns. Wird er kommen zu dem siebenten Mal, daß man die evangelische Posaunen aufblasen muß und das rechte Feldgeschrei machen, so ist es schon aus mit Jericho, hilft nichts dafür. Aber indeß sollen wir in der Hoffnung zu Gott immer für umhergehen nach dem Wort Gottes, nicht feiren noch nachlässig werden; Gott weiß wohl die rechte Zeit; die ihm gefällt. Zum Beschluß ermahne ich euch: lasset uns alle ein Ding in Christo sein, wie wir denn in einem Geiste zu einem Leibe alle getauft sind, wir seien Deutsch, Böhmisch, Welsch oder Griechisch. Derer Name gilt keiner vor Gott. Es ist (verstehe des Glaubens halben) kein Unterschied; es ist aber allzumal nur ein Herr, reich über alle, die ihn anrufen: Denn wer des Herrn Namen anrufen wird, soll selig sein, er sei gleich wie er wolle. Welcher weiß aber dieselbigen, denn Gott allein, der ein Geist ist? Joh. 4, 24. Der erkennet überall, wer den Geist seines Gesalbten, d. i. unsers Herrn Jesu Christi hat. Es ist ein freier Geist, lässet sich niendert in einen Winkel treiben auf dieser Welt, daß man sagen wollte: hie ist er, da ist er nicht. Er ist und bleibet über allen Verstand, wo er will, in alle Wege unermessen, ohne durch den Glauben, der fehlet nicht: er weiß daß eine christliche Kirche ist, die den Geist Christi hat: wer aber und wo allein derselbigen christlichen Kirchen Glieder sind, das ist und bleibet bis ans Ende der Welt allem Fleisch verborgen. Ja, ob schon gewiß ist, daß an dem Ort müssen Christen sein, da das Wort Gottes im Schwange gehet und die Taufe gehalten wird: noch dennoch kann man die Christen in eigener Person nicht erkennen. Denn wohl sein mag, daß eben die, so das Wort haben, ja mit Freuden annehmen, nicht alle rechte Christen sind. Wir sehen aber, daß die Taufe und das Wort Gottes unter den Böhmen ist, welche zwei des christlichen Wesens die allergewissesten Zeichen sind, so folget, daß auch ohne Zweifel Christen in Böhmen sind. Da muß man sich nicht hindern lassen, ob sie schon dem römischen Stuhl nicht unterworfen sind, denn Römischer Stuhl nicht Christen machet. Man urtheile am ersten durch das Wort Gottes, ob die Römische Kirche oder die Böhmen der Einsetzung Christi gleicher leben, und besonders in dem Sakrament des Altars. Christus hat je daselbst Wein und Brod allen und jeden aufgesetzt, daran der Römische Stuhl unchristlich gefrevelt hat, da er den Laien die andere Gestalt verboten hat. Wiewohl das ein Geringes wäre, so nicht noch größere Zoten mit eingerissen hätten, die tausendmal schädlicher worden sind. Haben wir nun den Geist Christi, der allein durch das Wort in uns kommen mag, so sind wir alle ein Ding in Christo, welche Einigkeit er allein haben will. An auswendigen leiblichen Geberden ihm nichts gelegen ist, darinnen wohl ein Unterschied erfunden und gelitten werden mag. Ja es kann auch und muß nicht auf eine Weise zugehen nach dem tollen und rasenden Gehirn des Römischen Tyrannen, der alle Welt nach seinem Muthwillen auf seine Ceremonien zwingen will, hat doch des Glaubens gar kein Acht darbei, also daß der rechtschaffene Geist durch sein fleischlich Regiment gleich schier (wie noch etwa ist) auch bei uns erloschen wäre, wo uns Gott nicht sein Licht hätte wieder scheinen lassen. Treten wir nun in den rechten Hauptstücken, d. i. in dem Glauben samt seinen Früchten und Zeichen zusammen, darnach lassen wir von außen gehen wie es einer jeden Kirche gefallen wird. Es gilt alles gleich, so es nur nicht wider den Glauben und Grundstück ist. Dieses sei darum gesaget, daß wir Deutschen und Böhmen auf beiden Theilen einander nicht mehr wie bisher verurtheilen, auch sonst niemand Andern, der von außen nicht nach unserer Weise wandeln erfunden wird. Der Glaube ist wahrlich ein höher Geheimniß, denn daß man ihn aus den Dingen loben oder schelten möge. Thun wir das, so mag dieses Büchlein von uns allen mit Nutz gelesen werden."

In der Vorrede zu der dritten Schrift[8]) ermahnt Speratus die christliche Gemeine der löblichen Stadt Iglau zur Beständigkeit: „Ihr wisset wohl, wie ich mich von euch gesetzt habe, es stehet euch die Gefahr drauf, schauet für euch, behaltet euer Lob vor Gott und vor der Welt, darinnen das Licht Gottes erleuchtet, nicht jetzund, als etwan in der Finsterniß, sondern als in seinen Auserwählten des evangelischen und ewigen Königreichs, auch vor eurem eigenen Gewissen, wie ich mich in guter Hoffnung gegen euch versehen will. Wiewohl ich und ihr von der Schwachen wegen jetzt eine Zeit, darin wir leiblich, ihr wisset in was Gestalt, geschieden sind, müssen Geduld haben, bis Gott, der die Herzen wandelt, ein Anders schickt; jedoch, will Gott, so soll es nicht lange währen, sondern, so die Schwachen allwege wollen schwach sein, so wäre es nicht eine Schwachheit, sondern eine angenommene Bosheit, die förder nimmer zu verschonen wäre. Wo aber die Verfolger des Evangelii weiter wider uns toben würden und deß kein Aufhören machen, müßten wir auch auf unsern König pochen und ihnen mit dem Tode und Verlierung aller Güter um des Evangelii willen wieder Trotz bieten und denselbigen Trotz mit der That erstatten, ehe wir des Evangelii geriethen und uns wieder in des Antichrists Gewalt ergäben. Auch möchtet ihr meines Abwesens Bürde desto leichter tragen, dieweil ich euch, als euer Bischof, für den ihr und ich mich mit Gott achten dürfen, an meiner Statt einen Andern gestellet habe, der euch nicht mit minderem Fleiß verkündigt das Evangelium, welchen ich euch auch in Christo bis zu meiner Ankunft hiemit will treulich befohlen haben. Aber so es Gott je also schicket, daß ich nicht mehr zu euch kommen sollte, wollet ihn annehmen als mich selbst und auch mitsamt ihm stehen bei dem Wort Gottes. Doch daß auch ich in meinem Abwesen euch nütze möchte sein, als den Allerliebsten, habe ich euch zuschreiben und zuschicken wollen, dies Büchlein, erstlich ausgegangen zu Latein von dem christlichen Doctor Martin Luther, das er mir in deutsche Sprache zu bringen befohlen hat, auch gewollt, daß ich es euch zuschreibe als denen, dazu er sich verstehet, ihr werdet diese christliche Lehre hierin begriffen als fromme Christen annehmen und mit der Zeit unterstehen zu halten. Welcher Meinung auch ich mich desselbigen desto williger unterstanden habe, wollte nicht achten, daß man uns die falschen Propheten heißt, die in letzten Zeiten kommen sollen, als die allein so viel von ihnen lesen, daß sie kommen sollen, und nicht auch lesen wollen, aus welchen Früchten man sie erkennen muß. Denn gleich dieselbigen Früchte Pabst und Bischof an ihnen scheinen lassen, darum sie, nicht wir, dieselbigen erfunden werden, und haben nun eine lange Zeit die ganze Welt mit solcher falscher Lehre voll angefüllet, bis eben jetzt der jüngste Tag vor der Thür stehet, vor welchem das Evangelium wieder in aller Welt soll geprediget werden."

Speratus zeigte in den genannten Uebersetzungen eine große Gewandtheit im deutschen Styl und Leichtigkeit im Ausdruck, wie er anderntheils durch diese Arbeiten eine treue Anhänglichkeit an die Gemeinden, in denen er das Wort der Wahrheit gepredigt hatte, beurkundete. In diese Zeit seines Wittenberger Aufenthaltes fiel auch die Abfassung der Antwort auf die Schmähschrift der Wiener Theologen und des Mahnbriefes an die Iglauer zum Trotzen auf's Kreuz, zweier Schriften, mit deren nervigem Inhalt wir uns bereits bekannt gemacht haben. Das Wichtigste aber, was Sperat in Wittenberg leistete, war, daß er Luthern bei der Sammlung des ersten evangelischen Gesangbuches unterstützte. Eben in der von Sperat übersetzten „Weise christliche Messe zu halten und zum Tisch Gottes zu gehen" hatte Luther geschrieben: „Ich wollte, daß wir viel Deutsche Gesänge hätten, die das Volk unter der Messe sänge oder neben dem Gradual, auch neben dem Sanctus und Agnus Dei. Denn wer zweifelt daran, daß solche Gesänge, die nur der Chor allein singet oder antwortet auf des Bischofs oder Pfarrers Segen oder Gebet, vorzeiten die ganze Kirche gesungen hat! Es können aber diese Gesänge durch den Pastor also geordnet werden, daß sie entweder zugleich nach den lateinischen Gesängen oder ein Tag um den andern jetzt lateinisch dann deutsch gesungen würden, bis so lange die Messe ganz deutsch angerichtet würde. Aber es fehlet uns an deutschen Poeten und Musicis, oder sind uns noch zur Zeit unbekannt, die christliche und geistliche Gesänge (wie sie Paulus nennt) machen könnten, die es werth wären, daß man sie täglich in der Kirche Gottes brauchen möchte." Zu Anfang des Jahres 1524 schrieb Luther an Spalatin: „Der Plan ist, nach dem Beispiele der Propheten und alten Kirchenväter deutsche Psalmen d. i. geistliche Lieder zu schaffen, damit das Wort Gottes auch durch den Gesang unter dem Volke bleibe. Wir suchen daher überall nach Dichtern." Einen solchen fand Luther an Speratus, "der noch im Jahr 1523 mit seinem Liede: Es ist das Heil uns kommen her, dem David-Luther als ein Assaph zur Seite trat." Cosack schreibt (S. 239): "Luther regte durch sein dringendes, damals nach verschiedenen Seiten hinergehendes Auffordern die in Paulus Speratus vorhandene Dichtergabe an. Denn ohne Zweifel — dafür sprechen die kunstvollen und eigenthümlichen Metren, denen wir mehrfach in seinen Liedern begegnen — war Speratus durch die Schule des Meistergesanges, wozu ihm sein Aufenthalt in Süddeutschland viel Gelegenheit bot, hindurchgegangen, und auch später, als die Lutherische Anregung wegfiel, blieb er selbst in seinem Bischofsamt der Dichtkunst und Musik ergeben, so daß er von dem Poeten Sabinus als Genosse gegrüßt wird und seinen Gegnern sogar Anstoß und Veranlassung zu Stichelеien auf den bischöflichen Musenfreund gibt, wenn uns auch aus der späteren Zeit nichts von seinen poetischen Productionen erhalten ist. Luthern war der neue Dichtergenosse dermaßen willkommen, daß er seiner ersten Sammlung von nur acht Liedern, mit welcher er bei der damaligen Liederarmuth hervorzutreten sich nicht scheute, drei Gesängen von ihm Aufnahme gewährte neben vier von seiner eigenen Hand und einem eines Unbekannten." In diesem ersten deutschen evangelischen Gesangbuch, das zu Anfang des Jahres 1524 unter dem Titel erschien: Etliche christliche Lieder, Lobgesänge und Psalmen, finden sich außer dem bereits genannten Lied noch folgende zwei von Speratus: "Hilf Gott, wie ist der Menschen Noth" und "In Gott glaub ich, daß er hat." Das erste dieser Lieder über Röm. 3, 28 enthält den Schriftkern der ganzen evangelischen Heils- und Gnadenordnung, es ist, wie Knapp sagt, der poetische Reflex der Vorrede Luthers zum Römerbriefe. Zündend und anfeuernd ging es in der Reformationszeit durch die deutschen Lande, von vielen Tausenden ward es mit tiefsinniger christlicher Begeisterung gesungen, mancher päbstliche Prediger wurde damit von der Kanzel herabgesungen. Kein Wunder, daß ihm die Römischen besonders gram waren, sie titulirten es ein lutherisches Schusterliedlein und eines Sackpfeifers Gesang, während D. Dannhauer es mit Recht rühmt als einen "edlen und vom Feuer der Trübsal destillirten Arzneisaft, als ein herrlich Werkzeug, dadurch die Reformation befördert worden, als einen Dorn den Augen der Wahrheitsfeinde, als ein schön Weydlied von der güldenen Aue." Das andre Lied ist eine Bearbeitung des apostolischen Glaubensbekenntnisses; mehr Gehalt bietet das dritte, — ein tief inbrünstiges Gebet um die Heiligung des Lebens. Auch noch als Bischof dichtete Speratus, und zwar nicht ausschließlich in rein geistlichem Tone. Kann übrigens auch seine reiche lyrische Begabung nicht in Abrede gezogen werden, so trüben doch den Fluß seiner Dichtung manche Nachlässigkeiten und Härten, sowie bisweilen auch Künsteleien. Um eine überaus sorgfältige Sammlung und Heraus=

gabe aller seiner zum Theil noch unbekannten Lieder hat sich Cosack sehr verdient gemacht.

4.
Berufung nach Preußen. 1524 [9]).

Einer feurigen thatdürstenden Natur, wie der des Speratus, konnte das Wittenberger Stillleben, so heilsam und geschäftsreich es war, auf die Länge nicht zusagen. Noch kettete ihn sein Wort und die treueste Liebe an die Gemeinde zu Jglau. Ein halbes Jahr war seit seiner Vertreibung verflossen; er sehnte sich nach einem klaren Einblick in die Zustände und Wünsche seiner alten Gemeinde, und der Geächtete achtete der Gefahren nicht, mit welchen eine Reise nach Mähren für ihn verbunden sein mußte. Ein Aufenthalt von wenigen Tagen in Jglau gab ihm erst Freiheit, nach einem neuen Arbeitsfeld sich umzusehen, da die Umstände nicht also angethan waren, daß die Jglauer hätten wagen mögen, ihn zurückzurufen. So nahm er denn, nachdem er nach Wittenberg zurückgekehrt war, den an ihn ergangenen Ruf nach Königsberg an, mit Bewilligung der Jglauer, aber auch mit dem Versprechen, auf ihre Berufung unter günstigeren Umständen als ihr Hirte wieder zu ihnen zu kommen. Der sich damals in Deutschland aufhaltende Hochmeister des deutschen Ordens, Markgraf Albrecht von Brandenburg, hatte durch seinen Rath Friedrich von Heldeck Luthern auf's Neue um Bestellung eines Predigers für Königsberg angehen lassen, wie durch Luthers Vermittelung schon früher Briesmann und Amandus nach Königsberg berufen worden waren. Luther, der zuerst einen Andern in Vorschlag gebracht hatte, empfahl, nachdem sich die Verhandlungen mit Jenem zerschlagen hatten, den jetzt erst frei gewordenen Speratus, welcher dem Rufe sofort Folge leistete.

Markgraf Albrecht von Brandenburg, geboren am 17. Mai 1490, der dritte von zehn Söhnen des Markgrafen Friedrich des Aelteren von Anspach, in frühester Jugend zum geistlichen Amt bestimmt, nachmals in kaiserlichen Diensten, wurde am 13. Februar 1511 in den Deutschen Orden eingekleidet, am Tage darauf, erst 21 Jahre alt, zum Hochmeister dieses Ordens erkoren. Der Deutschorden, ein zu den Zeiten der Kreuzzüge zum Schutz der deutschen Pilgrime gestifteter Verein, hatte sich frühzeitig nach dem Vorgang der Johanniter und Templer zu einem Ritterorden gestaltet, der sich durch Verbreitung christlicher Bildung und deutscher Gesittung im Nordosten von Europa große Verdienste erwerben sollte. Der preußische Bischof Christian und Herzog Konrad hatten sich zu Anfang des Jahres 1226 an den Hochmeister des Deutschordens gewendet, ihm eine Schenkung des Kulmerlandes und eines weiteren Gebiets zwischen dem Herzogthum Masovien und Preußen angeboten und ihn aufgefordert, eine Schaar seiner Ordensritter zu Bekämpfung der heidnischen Preußen abzusenden. Der Kaiser begünstigte das Unternehmen durch Verwilligung ausgedehnter Privilegien, auch der Pabst stimmte zu, doch mit dem Vorbehalt, daß der Orden das Land nur als Lehen vom päbstlichen Stuhle innehaben sollte. Schon im folgenden Jahre sandte Hermann von Salza eine Schaar Ordensritter nach Preußen ab; schnell ward das Kulmerland ganz vom Feinde gesäubert, Pomesanien erobert, auch in Livland fester Fuß gefaßt und nach langen Kämpfen im Jahr 1283 auch die Provinz Sudauen unterworfen. Im vierzehnten Jahrhundert suchte der Orden auch Lithauen zu erobern; aber die Lithauer, durch ihre Fürsten mit Polen verbunden und zum Christenthum bekehrt, stritten nun in Verbindung mit den Polen gegen die Oberherrschaft des Deutschordens, schlugen am 10. Juli 1410 bei dem Dorfe Tannenberg in Ostpreußen eine entscheidende furchtbar blutige Schlacht, und im Frieden von Thorn 1411 blieb zwar der Orden in Besitz sämmtlicher Gebiete, die er vor dem Kriege besessen hatte, mußte aber große Summen Gelds an Polen zahlen. Der Orden hatte mit diesem Friedensschluß bereits seinen Höhepunkt hinter sich; die Blüthezeiten der Einheit im Innern und der Macht nach Außen waren vorüber; unglückliche Kriege mit Polen, die Besetzung einer polnischen und antipolnischen Partei, Aufstände in den Städten, Finanznoth, Sittenverderbniß und Auflösung der alten Ordnungen untergruben die Macht des Ordens; eine organisirte Opposition des Adels und der Städte, preußischer Bund genannt, bildete sich wider ihn, die vier Städte Elbing, Thorn, Königsberg und Danzig schlossen eine geheime Liga, stellten sich unter polnischen Schutz und zahlten dem Könige von Polen Tribut. Nach dreizehnjährigem Krieg ward endlich unter Vermittlung eines päbstlichen Legaten 1466 der Friede von Thorn geschlossen, in welchem der Orden das ganze Kulmerland, Schloß und Stadt Marienburg, Elbing u. A. an Polen abtreten mußte, Preußen, Samland, das Nieder- und Hinterland zwar behalten durfte, aber als Lehen von Polen. Der Hochmeister und alle seine Nachfolger im Land wurden verpflichtet, sich jedesmal innerhalb sechs Monaten nach ihrer Wahl vor dem König zu stellen, ihm für seine Gebietiger und Lande den Eid pflichtiger Treue, stetige und unverbrüchliche Aufrechthaltung des Friedens und Unauflöslichkeit des geleisteten Eids zu schwören. Dies war ganz im Widerspruch zu den Bedingungen, unter welchen der Orden die Schenkung Preußens angetreten hatte, wornach das Land Eigenthum des heiligen Petrus und ein Lehen des römischen Stuhles war. Die Hochmeister sahen sich dadurch in einen Conflict mit ihren Verpflichtungen gegen die Kirche gesetzt und suchten sich auf jede Weise dem erzwungenen Huldigungseid zu entwinden. Albrechts Vorgänger im Hochmeisteramt, Herzog Friedrich von Sachsen, hatte den Huldigungseid beharrlich verweigert, darin von Kaiser und Pabst kräftig unterstützt. Albrecht, der Schwestersohn des Königs Sigismund von Polen, trat in seine Fußstapfen:

nachdem er längere Zeit die Huldigung an Polen hinauszuziehen gewußt hatte, brach endlich im December 1519 der Krieg mit Polen aus. Derselbe wurde mit wechselndem Glück ohne besondern Nachdruck geführt, doch im Ganzen mehr zum Nachtheil des Hochmeisters, der keine besonderen Feldherrntalente entwickelte und nach Verheerung seines Landes froh sein mußte, sich durch neue Abtretungen von eilf Städten mit ihren Gebieten einen Waffenstillstand auf vier Jahre zu erkaufen, binnen deren unter Vermittlung des Kaisers und des Königes von Ungarn die Sache zu einem Endabschluß gebracht werden sollte. Albrecht begab sich nun im April 1522 nach Deutschland, um in Person die Unterstützung befreundeter Fürsten nachzusuchen. Die Unterhandlungen zogen sich in die Länge, und der Hochmeister mußte länger in Deutschland verweilen, als er beabsichtigt hatte. Während er nicht fand, was er gesucht hatte, fand er für sich und für sein Land, was er nicht gesucht hatte, — das lautere Evangelium. Von allen Seiten drang der neue Geist auf ihn ein, der Deutschland wie ein Pfingststurm durchwehte. Albrecht hatte schon im Jahr 1519 vom Pabst Leo X. die ernste Aufforderung erhalten, eine gründliche Reformation an Haupt und Gliedern an dem in so tiefen Verfall gerathenen, sittlich und religiös gesunkenen und in seinem Innersten fast schon völlig aufgelösten Orden einzuleiten. Leo's Nachfolger, Papst Hadrian VI., hatte diese Aufforderung erneuert; während aber der Hochmeister kaum absehen mochte, wie es möglich sein sollte, einem erstorbenen Körper neues Leben und neuen Geist einzuhauchen, ward er in Deutschland Zeuge einer solchen Verjüngung eines gleichfalls erstorbenen Körpers. Während seines langen Aufenthalts in Nürnberg lernte er den dortigen evangelischen Prediger Andreas Osiander kennen. Durch die entschiedenen Predigten dieses Mannes und dessen mündliche Belehrungen entzündete sich in seinem Geist zuerst das Licht des Evangeliums; durch Osiandern, bekannte er nachmals selbst, habe ihn Gott aus der Finsterniß des Pabstthums gerissen und zu göttlicher, wahrer, rechter Erkenntniß gebracht, weßwegen er Osiandern auch seinen geistlichen Vater zu nennen pflegte. In Nürnberg fand Albrecht ferner einen Kreis von hervorragenden Männern im Rath und in der Bürgerschaft, namentlich einen Lazarus Spengler, durch deren Berührung seine Liebe zum Evangelium wuchs. Als der päbstliche Legat Chieregati auf dem Nürnberger Reichstag an den Hochmeister das Ansinnen stellte, Luthers Lehre mit Feuer und Schwert zu vertilgen, gab dieser die männliche Antwort: er möge wohl gerne die Kirche unterstützen, aber die offenbare Wahrheit zu verdammen und Bücher zu verbrennen, sei nicht der rechte Weg, der Kirche aufzuhelfen! Weiter gefördert wurde Albrecht in seiner evangelischen Gesinnung durch das Verhältniß, in welches er zu Luthern selbst trat. An ihn hatte er zu Anfang Junis 1523 eine Abschrift der Ordensstatute übersandt mit der Bitte, auf Grund derselben ihm eine Reformation des Ordens vorzuschlagen, „damit dieselbe zur Ehre Gottes ihren Fortgang ohne Aergerniß oder Empörung erlangen möchte." Auch erbat

er sich Luthers Rath, wie die Bischöfe, Prälaten und Geistlichen im Ordens-
gebiet, deren einige regulirt, andere aber ohne Regel und frei wie andere
Bischöfe und Prälaten seien, zu einem wahrhaft christlichen Leben gebracht
werden könnten. Was Luther jetzt auf diese Fragen antwortete, ist unbekannt,
da der Hochmeister die Sendung seines Raths, Johann Oeden, im tiefsten
Geheimnisse betrieb; als aber Albrecht gegen Ende Septembers auf seiner
Reise nach Berlin den Weg über Wittenberg nahm und sich dort persönlich
mit Luthern über die Sache berieth, rieth ihm dieser, er solle die alberne und
confuse Ordensregel bei Seite werfen, sich verheirathen und Preußen in ein
weltliches Fürstenthum oder Herzogthum verwandeln. Melanchthon stimmte
diesem Rath bei, und der Hochmeister lächelte ihm Beifall zu, gab aber darauf
keine weitere Antwort. Allein die Politik hieß den Hochmeister mit Weile eilen;
die Befolgung des Wittenberger Raths sollte nicht ein politisches Wagestück,
sondern eine Glaubensthat sein, zu deren Vollführung Albrecht erst selbst im
evangelischen Glauben gewurzelt und gegründet werden sollte.

Während dieser Vorgänge in Deutschland gewann auch in Preußen die
Reformation Boden. Luther hatte schon im März 1523 an die deutschen
Ordensherren eine „Ermahnung, falsche Keuschheit zu meiden und zur rechten
ehelichen Keuschheit zu greifen" ergehen lassen. Außer den menschlichen Gründen, aus denen sie in die Ehe treten sollten, hatte er ihnen „die viel stärkeren
und redlicheren, die vor Gott angenehm seien", vorgehalten und ihnen zuge-
rufen: „Mit Gott wollen wir hier bald Eins werden. Wohlan, wenn ich
tausend Gelübde gethan hätte, und wenn hunderttausend Engel, geschweige
denn so ein armer Mensch oder zween, wie der Pabst ist, sprächen, daß ich
ohne Gehülfin sein solle und gut wäre allein zu sein, was sollte mir solch
Gelübde oder Gebot sein wider das Wort Gottes, welches sagt: Es ist nicht
gut, daß der Mensch allein sei." Am Schluß sagt Luther: „Ich will eure
Liebe in Gott demüthiglich bitten und freundlich ermahnen, daß ihr die Gnade
Gottes nicht vergeblich empfanget. Gottes Wort leuchtet und ruft. Ursach
und Raum habt ihr genug zu folgen". Die Aufforderung war nicht vergeblich: wie in Deutschland, so sagten sich auch in Livland und Preußen mehrere
Ordensritter vom Orden los und verehelichten sich, so daß der ängstliche Hochmeister sich veranlaßt sah, nicht nur dem Meister von Livland aufzutragen,
daß er seine Ordensritter streng bewache und jeden, der sich mit dem Ge-
danken des Abfalls vom Orden und der Verehelichung trage, ohne Gnade
und Schonung auf's Strengste bestrafe; sondern sich auch an den Ordensprocu-
rator in Rom zu wenden, um den Pabst um ein strenges Strafedict gegen die
Gesetzwidrigen zu ersuchen. Albrecht besorgte, der König von Polen würde
es gerne sehen, wenn „dieses subtile Gift" im Orden zu dessen Verderben
Eingang fände! Aber auch im Volke Preußens hatte bereits der reformatorische Weckruf ein williges Echo gefunden. Das alte enggeschlungene Band,
das den Orden und mit ihm das Land seit Jahrhunderten an Rom gefesselt,

war seit geraumer Zeit immer lockerer geworden; man sprach zwar noch vom
Gehorsam gegen den römischen Stuhl, aber meist nur, wenn man es nöthig
fand, seinen Schutz in Anspruch zu nehmen. Päbstliche Satzungen und Befehle fanden im Land und im Orden keine blinde Befolgung mehr. Nirgends
kannte man die Geldgier und das üppige Leben Roms genauer als in Preußen,
wo die Berichte der Ordensprocuratoren und ihre mündlichen Erzählungen
Rom in seiner ganzen nackten Blöße vor Augen geführt hatten. Die römische
Kirche hatte ihre Aufgabe im Norden gar übel gelöst. Wie konnte das Volk
aus seiner sittlichen und intellectuellen Verwilderung herauskommen, wenn der
Clerus selbst tief darin verfallen war. Der niedere Clerus suchte es dem
höheren gleich zu thun in wollüstigem Leben und schmutziger Habsucht. Die
Priester benutzten den Aberglauben des Volks, um ihr Einkommen zu steigern
und ließen sich für ihre angeblichen Dienstleistungen gegen unheimliche böse
Mächte, z. B. für Besprengung mit geweihtem Wasser zum Schutz gegen
Gespenster und Geister hohe Summen bezahlen. Ueber den Betrieb des Acker-
baues verwahrlosten sie ihr geistliches Amt und gingen in weltlichen Geschäften
und Sorgen unter. „Die Priester (wird geklagt) sind jetzt mehr bekümmert
mit weltlichen Sorgen, daß von ihnen viele Gottesdienste verhindert werden
und daß sie ihre Gebete, wenn sie sie thun, nicht inniglich zu Gott thun.
Eine gute Wandelung wäre auch noth an der Priesterschaft, denn sie ist groß
sträflich, und ihr Leben mehr weltlich denn geistlich." Bischof Arnold von
Culm sah sich zu folgender Verordnung genöthigt: „Die Priester sollen
keine üppigen Kleider tragen, nicht bewaffnet einhergehen, nicht mit Weibern
umgehen, nicht spielen, nicht tanzen, nicht das Barbierhandwerk treiben, nicht wuchern, nicht nach Belieben hin- und herreisen, sondern bei ihren
Kirchen bleiben." Ebenso war das Mönchsthum in den tiefsten Verfall gerathen, weßwegen bei Einführung der Reformation die nicht sehr zahlreichen
Klöster plötzlich verödet wurden und für das neue Kirchenwesen sofort ver-
wendet werden konnten. Der Deutschorden war ohnedem in religiöser und
sittlicher Hinsicht ganz erstorben. In den Conventen waren häufig gottes-
dienstliche Uebungen durch ausgelassene Gelage verdrängt worden; man kümmerte sich um alles mehr als um Förderung des sittlichen Lebens im Volk.
Eine ernste Bußstimme erscholl: „Es wäre christlich und gut, daß man alle
Sonntage in den Conventen predigte und die Herren dazu hielte, daß sie die
Predigten nicht versäumten oder daraus gingen, denn ihrer sind Viele, die
nicht ein Evangelium wissen, und Etliche ihrer Tage gar wenig haben predigen
gehört, also daß Etliche schwerlich das pater noster kennen." Natürlich küm-
merten sich die Ordensherrn um ihre drei Gelübde gar wenig; mit schamloser
Habsucht wurden Reichthümer zusammengebracht, welche doch zur Bezahlung
der zügellosen Genüsse nicht ausreichten; die Bande des Gehorsams gegen die
Oberen waren gelockert, das Laster der Unzucht nahm im Orden überhand.
Mitten in dieser allgemeinen Versumpfung hatte es auch nicht an Weckstimmen

gefehlt, welche im preußischen Volk die Sehnsucht nach und die Hoffnung auf einen besseren Zustand wach erhalten hatten. Die hussitische Bewegung war nicht spurlos vorüber gegangen; einzelne Bischöfe und Synoden erließen Nothschreie, insbesondere aber verdient hier das Sendschreiben eines Karthäusermönchs, Heinrich Borringer an den Hochmeister Paul von Rußdorf im fünfzehnten Jahrhundert angeführt zu werden [10]). Mit edlem Freimuth deckt er die Sünden der Geistlichen auf: „Leider schlafen die Prälaten und Doctors, so die heilige Schrift sollen offenbaren, nun. Um der Gierigkeit willen wird alles Recht Gottes, beides die Satzungen der heiligen Kirchen, die alte Ehe sowohl als die neue, unter die Füße getreten. Wenn jetzt in der ganzen Christenheit ein Herr wäre, geistlich oder weltlich, der aus ganzem Grunde Gott recht liebete vor allen Dingen und die heilige Schrift zu Herzen nähme, wie man das Volk tugendlich sollte regieren und von Bosheit halten, so wären nicht so große Irrungen in der Christenheit. Sie suchen mehr die Laude und Güter, denn den christlichen Glauben. Von den Obersten ist die Bosheit ausgegangen, also ist noth, daß von denen Obersten, die das Volk regieren, ein Anheben entsprießt und Besserung der Tugenden. Gnädiger Meister, wie tugendreich und wie weislich hat der heilige Geist euer Herz besessen, da ihr im 25. Jahr schriebet in die Lande, daß man alle Gebrechen fürbringen sollte, ihr wollet euch derer annehmen und wandeln. Die Teufel in der Hölle waren bei langer Zeit nie also mordlich angegriffen, dem Orden und diesem Lande ward nicht so große Gnade bedacht, denn es wäre alles zur Redlichkeit kommen. Wehe dem, der das gestört hat, daß solch göttliches Anbeginnen nicht zu einem guten Ende kommen sollte. Denn Preußenland wäre ein Spiegel worden der ganzen Christenheit, und Gott der Herr um solcher Wandelung und Besserung willen würde dieses Land beschirmen vor Polen, Heiden, Ketzern und vor allen Feinden. Gnädiger Herr, wollte die Gabe des heiligen Geistes in euer Herz kommen und wolltet noch gedenken an eine gute Reformation, daß ein jeglicher wieder gebessert würde nach seinem Wesen, Ungerechtigkeit und allerlei Bosheit im Lande gestraft und gestöret würde, Gott würde noch dem Orden und diesem armen Lande helfen ... Da der Orden erst in das Land zu Preußen kam gleichwie in ein gelobtes Land, da lebte man in Gottesfurcht und hielt die Regel des Ordens streng und gab dem Lande gut Fürbilde, da stund es wol. Als aber die Hoffart in vielen Dingen sich erhub, da kommen Plagen und Jammer in das Land. Sähe man an das Leben und Wesen derjenigen, die das Land am ersten besetzt haben, es wäre alles wider das Leben, so man jetzt führet. Wären die ehrbaren Herrn, so auf der Eiche zu Alten-Thorn, nicht eines besseren Lebens gewesen, denn man jetzt lebet und gestattet im Lande zu leben, so hätte ihnen Gott nicht so ferner geholfen. Hierum, gnädiger Hochmeister, seid Ihr der König Josias und denket vor allen Dingen auf eine gute Wiederwandlung, daß ein jeder nach seinem Wesen lebe. Entschuldiget euch nicht mit Sachen, daß dieß einem Bischoff zugehöret, ihr seid ein Haupt und Fürst des Landes, hieltet ihr an, ohne Zweifel würden die Bischöffe froh und würden euch folgen." Aber nicht vom Orden, nicht von der römischen Kirche sollte die Reformation kommen, welche dringend noth that; sie kam von Wittenberg aus. Die beiden Bischöfe des Landes aber stellten der von Deutschland her eindringenden Reformation nicht nur kein Hinderniß entgegen, sondern Einer derselben brach ihr selbst mächtig Bahn. Es ist dieß der hochverdiente samländische Bischof Georg von Polenz.

Dieser aus einem alten Meißnischen Geschlechte in Sachsen geborene Edelmann hatte nach Vollendung seiner Studien des Rechts auf den Schulen Italiens erst bei römischer Curie eine amtliche Stellung angenommen und dann im Heer Kaisers Maximilian I. Kriegsdienste gethan. Vor Padua war er mit Markgraf Albrecht bekannt geworden; als dieser Hochmeister ward, trat auch er in den Deutschorden ein und kam 1511 nach Preußen. Albrecht erhob den erprobten Diener voll Klugheit und Weisheit und mit seltener Geschäftsgewandtheit ausgerüstet zum Hauscomthur in Königsberg. Im Jahre 1518 ward ihm das erledigte Samländische Bisthum übertragen, und er nach allen Formen der alten Kirche in die neue Würde eingesetzt. Noch war er im römischen Aberglauben gefangen, so viel er damals gepredigt, bekannte er selbst in der Weihnachtspredigt 1523, habe er in der alten Weise „der Menschen Lehre und Gutdünken der Vernunft, und die Sprüche der Väter, ja den Aristoteles mehr getrieben, als Gottes Wort." Er gesteht, damals „vor Zeiten die falsche und verführerische Meinung von dem Sacrificium in der Messe auch getheilt zu haben." Erst im Jahre 1523 sehen wir ihn mit Entschiedenheit der evangelischen Sache sich zuwenden, angeregt durch die evangelischen Predigten, welche ein Domherr Georg Schmidt in der bischöflichen Kathedrale zu Königsberg vorübergehend unter großem Beifall gehalten hatte, und befestigt durch den noch im gleichen Jahre nach Königsberg kommenden Briesmann, von welchem sich der fünfundzwanzigjährige mit den schwersten Regentensorgen (als Stellvertreter des abwesenden Hochmeisters) belastete Bischof unterrichten und in die Kenntniß der heiligen Schrift in den Ursprachen, selbst im Hebräischen, heilsbegierig einführen ließ. Jetzt brach von Polenz mit dem römischen Wesen völlig und trat an Weihnachten 1523 in seiner Domkirche selbst miteinem offenen Bekenntniß auf [11]). Im Anschluß an das Festevangelium rief er der Gemeinde zu: „Euch verkündige ich die Freude, denn euch ist heute geboren der Heiland. Alles das von Christo kann oder mag gesagt werden, hilft uns nichts, bis daß wir hören, wie es alles uns zu gut und zu Nutze gesagt wird." Entschlossen spricht er es aus: „Darum will ich auch mit göttlicher Hilfe über Gottes Wort und dem Evangelio halten, sollt ich gleich Leib und Leben, Gut und Ehre und alles, das ich hab, daran setzen. Ich soll euer Seelen Wärter sein, so ich nun die Wahrheit verschwiege und die Gottlosen in ihren bösen falschen Wegen nicht warnte, würde Gott das Blut ihrer Seelen von meinen Händen fordern. Darum darf ich nicht schweigen und Niemanden darin scheuen, es sei Pabst, Kaiser oder König, ja auch die ganze Welt. Denn Gott ist mehr als die Welt und ihm muß man mehr gehorchen als den Menschen." Mit Ernst straft er Mönch-, Pfaffen- und Nonnenthum, die Narrheit der Gelübde, geistlich zu werden, und das mit leiblichen, sichtbaren Dingen, als Kleidern, Kappen und dgl. anzufangen, wogegen er auf lebendigen Glauben bringt: „du mußt glauben, daß er dir, ich sage dir geboren sei, du mußt allezeit dich mit einschließen, daß Christus ebensowohl dir als St. Peter oder Paul oder mir oder einem Andern geboren sei. Denn was hilft es dir, daß du glaubst, daß Christus einem Andern geboren sei, oder daß er eines Andern Seligmacher sei, so du nicht gewiß hältst, daß er dir geboren sei, dich selig zu machen, dich von Sünden zu freien." Nachdem er von der Pflicht der reinen Predigt des Worts Gottes geredet, fährt er fort: „Dennoch sollt ich wohl allezeit selbst predigen, so kann ich aus manchen Ursachen dasselbige noch zur Zeit nicht thun; ich hab aber verordnet an meine Statt einen gelehrten und der heiligen göttlichen Schrift verständigen und erfahrenen Mann, Doctor Johannem Briesmann, welcher auch Gottes Wort prediget und fürder predigen soll; den will ich auch selbst nach Nothdurft versorgen. Diesen höret samt den Andern, die euch auch Gottes Wort klar ohne Menschentand predigen. Ich will auch, so viel mir Gott verleihen wird, thun." Schon in dieser Predigt bezeichnet er als eine Hauptquelle der Unwissenheit des Volkes in geistlichen Dingen den ausschließlichen Gebrauch der lateinischen Sprache beim Gottesdienste, namentlich bei der Taufe, während es doch ein besonderer Rath göttlicher Majestät sei, daß Evangelisten, Apostel und Propheten sämmtlich nicht lateinisch geschrieben hätten. „Darum sehe ich für gut an, und ist auch meine Meinung und ganzer Ernst, daß man fortan allhier deutsch taufe; ich hoffe, ob Gott will, es soll viel Frucht bringen und große Besserung daraus kommen." Wirklich ließ er schon am 18. Januar 1524 an die Geistlichen ein Mandat ergehen, wornach sie sich angelegen sein lassen sollten, den Gemeinden die Bedeutung der Taufe zu erklären, namentlich da, wo die deutsche Sprache üblich sei. Er versprach zugleich, darauf bedacht zu sein, daß es auch denen, welche Litthauisch, Altpreußisch oder Polnisch redeten, nicht an christlicher Unterweisung mangle. Dabei empfahl er, fleißig und mit frommem Sinn Luthers Schriften, namentlich seine Bibelübersetzung zu lesen. So sehr die Gegner durch dieses thatkräftige Auftreten erbost waren, so sehr ging Luthern das Herz auf, zu sehen, daß wenigstens Einer unter den Bischöfen sich frei für die Sache des Evangeliums erklärte und an vielen Orten seiner Diöcese Prediger dieser Gesinnung anstellte; er schreibt an Spalatin: „O wie wunderbar ist Christus! Auch ein Bischof gibt jetzt endlich dem Namen Christi die Ehre und predigt das Evangelium in Preußen, der von Samland, den J. Briesmann in geistlicher Pflege und Unterweisung hat, welchen wir dorthin geschickt haben, damit auch Preußen anfange, dem Reiche des Satans den Abschied zu geben."

Der Mann, durch welchen die Reformation in Preußen angebahnt wurde, war Johann Briesmann. Geboren am 31. December 1488 zu Cotbus in der Niederlausitz, also vier Jahre jünger als Speratus, hatte er eine lange Reihe von Jahren scholastischen und humanistischen Studien in Wittenberg gewidmet und war seit der Leipziger Disputation der Sache Luthers beigetreten. Als evangelischer Prediger war er zuerst in seiner Vaterstadt Cotbus aufgetreten, aber dort von den Franziskanern, zu deren Orden er selbst gehörte, um seiner Lehre willen angefeindet, nach Wittenberg zurückgekehrt [12]), Doctor der Theologie geworden und auf Luthers Empfehlung nach Königsberg berufen, wo er am 14. September 1523 eintraf und am 27. September im Dom seine erste Predigt hielt. Von seinem ersten Auftreten an datirt die Preußische Kirche ihre Reformation. Ein alter Chronist rühmt seine Predigtweise, daß sie große Lindigkeit mit möglichem Ernst verbunden habe, „darob viel frommer Christen waren und sich besserten. Denn er war eines frommen ehrlichen züchtigen Lebens und guter Sitte, deshalben er von Vielen geliebt und seine Predigt gerne gehört ward." Neben den Kanzelvorträgen hielt er exegetische Vorlesungen über das Neue Testament im Refectorium der Kanoniker. Noch auf weitere Kreise suchte der eifrige Mann durch kleine Schriften einzuwirken, welche er unter dem Titel: „Von Anfechtung des Glaubens und der Hoffnung," „Etliche Trostsprüche für die Furchtsamen und Herzfeigen," „Sermon von dreierlei heilsamer Beychte" im Jahre 1524 drucken ließ. Briesmann war nicht blos ein sehr gotteifriger Prediger, sondern auch ein Mann von großer Besonnenheit, sicherm Tact und gewandter Lebensklugheit — Eigenschaften, welche zu erproben er auf dem schlüpfrigen Boden, auf welchen er gestellt war, mehr als genug Gelegenheit hatte. In einem Brief vom 4. Juli 1524 zollte ihm Luther zumeist darüber großes Lob, daß er Alles ohne Gewalt und Lärmen allein durch des Wortes Kraft ausführe.

Außer Briesmann hatte noch vor Sperats Ankunft in Preußen gewirkt Johannes Amandus, ein ungestümer, heftiger Mann, mehr ein Volkstribun als Reformator. In Westphalen geboren, war er zuerst als Ablaßprediger aufgetreten und hatte dieses Geschäft vermöge seiner volksthümlichen Redekunst auf's Einträglichste betrieben. In Preußen hatte er sich dann in das in Frauenburg neu gestiftete Antoniuskloster als Bettelmönch aufnehmen lassen. Dann war er als Prediger des Evangeliums in Holstein aufgetreten und von dort vertrieben nach Wittenberg gekommen. Auf Luthers Empfehlung ward er nun nach Königsberg berufen, wo er am ersten Advent 1523 als Pfarrherr in den Altstadt seine Antrittspredigt hielt. Lebendiger Eifer beseelte ihn, aber der Bettelmönch mit seinen Künsten und Intriguen hatte er mit der Kutte nicht abgelegt. Er hatte es auf schnelle glänzende Erfolge bei der Menge abgesehen, aus voller Kehle schalt er auf der Kanzel und kitzelte die Ohren des Volkes durch leidenschaftliche Ausfälle auf die Obrigkeit. Eine von ihm zu Ostern 1524 in der St. Barbarakirche gegen die Klöster gehaltene Volksrede gab dem Pöbel das Signal zum Sturm auf das in der Nähe am Pregel gelegene Kloster der Bullatenmönche. Zwar hatten die grauen Mönche das Kloster schon geräumt; um so behaglicher warf sich das Volk auf die Vorräthe, welche es im Kloster vorfand, und auf die zurückgebliebenen Schätze. Der übermüthige Amandus sollte nur noch kurze Zeit neben Speratus wirken: bald entsetzte ihn der Rath, welchen er in seinen Predigten an den Pranger gestellt hatte, seines Amtes, und zunächst trat Speratus in die hierdurch entstandene Lücke ein.

Mitten in diese Gährung hinein, welche die Predigten des Amandus in der Königsberger Bevölkerung angeregt hatten, reiste Speratus, der in der Mitte des Sommers auf seinem neuen Arbeitsfeld anlangte. In zweien Briefen vom 16. Mai und 13. Juni 1524 hatte der Markgraf den Ankömmling dem Bischof von Polentz empfohlen; er schreibt, „er habe demselben sonderlich Befehl gegeben, die Aufruhr der Geistlichkeit halber etwas schicklich durch Predigen bei dem gemeinen Mann abzustellen, und spricht die Zuversicht aus, daß Sperat nichts anderst denn das heilig Evangelium und dasjenige, so zur Seligkeit der Seelen dienstlich, lehren soll. Der Bischof soll ihn unterhalten, damit er bleiben möge; „und dieweil er seine eheliche Hausfrau mit sich, wollen wir begehrt haben, wie auch unsre stracke Meinung, ihr wollet ihn mit freier Wohnung in der Firmeney (Hospital) oder andern Orten vorm Schloß versehen, damit er sich samt dem Weib erhalten mag."

5.
Der Hofprediger in Königsberg. 1524—1529.

Als Speratus in Königsberg aufzog, war der Herzog noch abwesend und blieb es fast noch ein Jahr lang. Der Hofprediger begrüßte ihn in der Ferne mit der bereits erwähnten Schrift „vom hohen Gelübd der Tauff," welche er in Königsberg dem Druck übergeben und seinem neuen Herrn gewidmet hatte. Am Schluß seiner Dedication verspricht er, dem Fürsten mit aller Demüthigkeit und Gehorsam, womit er könne oder möge, allweg dankbar seyn und das in ihn gesetzte Vertrauen verdienen zu wollen. Er hat dieses Wort in dem Lande, welches von nun an bis zu seinem Tod die bleibende Stätte seines Wirkens sein sollte, treulich gelöst. Durch den unbesonnenen und ungestümen Poltergeist des Amandus war in der Gemeinde eine gefährliche aufrührerische Bewegung entstanden, welche zu Kloster-, Altar- und Bilderstürmerei geführt und das Werk der Reformation in seiner ersten Entwickelung ernstlich bedroht hatte. Amandus wurde bald nach der Ankunft des Speratus aus Königsberg gewiesen, und der Hofprediger versah vorläufig das Pfarramt in der Altstadt, bis dasselbe im Herbst 1525 an Poliander übergeben wurde. Je verantwortungsvoller und einflußreicher die Stellung des Hofpredigers werden sollte, desto mehr war es als eine glückliche Fügung anzusehen, daß unserem Speratus vor Antritt dieses Amtes Zeit und Gelegenheit geboten ward, sich in die Verhältnisse des neuen Landes einzuleben und seine nächsten Umgebungen kennen zu lernen.

Durch das einträchtige Zusammenwirken der evangelischen Prediger war die Ruhe in der Gemeinde bald wieder hergestellt, und das Wort kehrte nicht leer von ihr zurück. Ein schönes Zeugniß davon ist ein Schreiben des Bürgermeisters, Raths und der Gemeinde der Stadt Kneiphof-Königsberg an den Hochmeister (gegen Ende des J. 1524), worin es heißt: „Da sie durch Offenbarung christlicher evangelischer Schrift, die ihnen täglich vorgelegt werde, nicht bloß zu einem beständigen Glauben gelangt, sondern auch zu gründlichem Wissen gekommen seien, daß alles ihr inneres und ihr äußeres Vermögen als des christlichen Volks allein zur Ehre Gottes und zur Liebe des Nächsten gelangen und gereichen solle, so hätten sie eine Ordnung aufzurichten Ursache genommen, wie ihrem Nächsten mit Hülfe, Steuer und Darlag zur Rettung aus seinem Kummer geholfen werden könne. Die ganze Gemeinde habe sie nach deren Verlesung für gut angesehen und auf des Hochmeisters Zulassen sie zu halten beschlossen." Albrecht wird ersucht, zu diesem Zwecke alle die reichen Einkünfte, „welche die Domherren bisher in Mißbrauch und allein zur Erfüllung ihres Abgottes, des Bauchs, gehabt, gnädiglich zu vergönnen und einzuräumen, damit jene Ordnung, der gemeine Kasten und das vielfältige Armuth, so da täglich ernährt werden müsse, desto stattlicher erhalten und zu dem seligen Ende gelangen und gedeihen möge." Diese von der Gemeinde selbst in Angriff genommene Ordnung der Armenpflege war eine der ersten und schönsten Früchte der Reformation. Auch dem Hochmeister gab Gott Gnade, daß seine Angelegenheiten trotz allen Hemmnissen eine friedliche Lösung fanden. In fortgesetztem Verkehr mit Luthern erstarkte Albrecht selbst immer mehr im Glauben; er forderte den Bischof von Samland auf, „Prediger des Evangeliums und andere gelehrte Leute, so dem Evangelio anhängig, und er bei sich hätte, auf das Land und in die umliegenden Flecken zu schicken, damit das göttliche Wort nicht bloß an Einem Orte, sondern allenthalben ausgebreitet würde, jedoch in allwege Aufruhr und Zwietracht zu vermeiden und nur das, was zum Seelenheil und des Nächsten Besten gereichen möchte, predigen zu lassen." Albrechts Lage war sehr ernst; der polnische Reichstag hatte beschlossen, der Hochmeister solle entweder zur Leistung des Huldigungseides gezwungen, oder sammt dem Orden aus Preußen vertrieben werden; nur einen Ausweg gab es, den von Luther nicht nur vorgeschlagenen, sondern auch auf's Angelegentlichste beförderten und befürworteten: Die Säcularisation des Ordensstaates. Die preußische Landschaft selbst forderte den Hochmeister auf, diesen Weg einzuschlagen, und „ihr Verderben und Unvermögen zu beherzigen und ihr einen ewigen Frieden zu verschaffen, ihr Prediger des reinen Worts zu vergönnen und abzustellen, was demselben entgegen sei." Unerwartet schnell stimmte der König von Polen dem Plane bei, den Hochmeister zum erblichen Herzog in Preußen zu machen und Preußen als Lehen von Polen anzunehmen. Auch der polnische Reichstag willigte ein aus dem Motiv: „Dem Katholicismus werde dadurch nichts entzogen, da der Orden schon zum Lutherthum übergegangen und nichts bei demselben verhaßter sei, als der Name des Pabstes; man müsse Gott danken, daß er so in sich selbst zerfalle."

Am 9. Mai 1525 kehrte Markgraf Albrecht in seine Hauptstadt zurück, nachdem am 10. April in Krakau feierlich die Belehnung erfolgt war. Der König in seinem priesterlichen Krönungsornate, umgeben von seinen Bischöfen, hatte dem neuen Herzog in dem Symbole der Fahne, an welcher zugleich Markgraf Georg anfaßte (denn auf die ganze Linie erstreckte sich die Belehnung), „das Land in Preußen, welches der Orden gehalten" übertragen. Albrecht hatte den Huldigungseid in einer Formel geleistet, in welcher der Heiligen nicht gedacht war. Mit jubelnder Freude und allen den festlichen Ehrenbezeugungen, welche einem gebornen Fürsten erwiesen werden, empfing ihn die Residenz: die Glocken läuteten, die Häuser waren mit Teppichen bekleidet, die Wege mit Blumen bestreut; beim Eintritt in die Stadt Kneiphof begrüßte Hofprediger Speratus den Herzog in längerer Rede. Der neue Herzog machte sich ohne Säumen an's Werk, die bisherige politische und kirchliche Verfassung seines Landes umzugestalten, und zwar beides gleichzeitig und im Einklang mit einander. Schon am 28. Mai trat ein Landtag in Königsberg zusammen, auf welchem die Stände ihrem Landesherrn huldigten; der Bischof von Samland, dem der Pomesanische folgte, verzichtete gleich in der ersten Sitzung auf alle seine bischöfliche Herrlichkeit und Dignität mitsamt Landen und Leuten und überließ sie dem Herzog: denn einem Bischof komme nur der Dienst am Evangelium, nicht der Genuß weltlicher Ehre zu. Der Herzog nahm die Stände zu Zeugen dieser freiwilligen Abtretung. Georg von Polenz und Briesmann traten im Juni in den Ehestand — im gleichen Monate, in welchem auch Luther seine Katharina heimführte. Schon das erste herzogliche Mandat vom 6. Juli proclamirt den Grundsatz, daß im Herzogthum Preußen fortan keine andere Predigt als die des lauteren Gotteswortes berechtigt sei, dagegen falsche Lehre, wie auch die zahlreichen Ueberreste heidnischen Aberglaubens weder öffentlich noch heimlich geduldet werden sollten. Die beiden Bischöfe wurden sofort mit Entwerfung einer ausführlichen Kirchenordnung oder Agende beauftragt, und der Entwurf derselben schon im December 1525 dem versammelten Landtage vorgelegt. Da die Bischöfe ausdrücklich hervorheben, diesen Entwurf „mit Rath ihrer Mitbrüder, der Prediger zu Königsberg" zu Stande gebracht zu haben, und da die beiden Bischöfe nach dem Stand ihrer kirchlichen und theologischen Bildung dieser Arbeit nicht gewachsen gewesen wären, wurde mit Recht

4*

vorausgesetzt, daß die Hauptarbeit den beiden Predigern Speratus und Briesmann zugefallen sei. Speratus war durch seine vorangehenden Studien zu diesem Werk vorzugsweise befähigt: nicht blos hatte er in Wittenberg an der Ausgabe des ersten evangelischen Gesangbuchs einen wesentlichen Antheil gehabt, sondern auch Luthers Formula Missae, an welche sich die Königsberger Kirchenordnung sehr genau anlehnt, in Luthers Auftrag deutsch bearbeitet. Die Stände nahmen den ihm vorgelegten Entwurf einhellig an, Speratus wurde mit Durchführung und Vollziehung der neuen Ordnung im Herzogthum Preußen beauftragt, die Kirchenordnung selbst zu Anfang des Jahres 1526 gedruckt unter dem Titel: „Artikel der Ceremonien und anderer Kirchenordnung [13]).

Die beiden Bischöfe, unter deren Namen die Kirchenordnung ausging, sagen im Eingang derselben: „Lieben Brüder, dieweil uns Amts halber gebührt, mit Sorgen zu wachen und aufzusehen auf das geistliche Regiment und gute Ordnung der Kirchen, welches aber darin stehet, daß Gottes Wort rechtschaffen und zur Besserung gepredigt und daraus andere äußerliche Kirchenordnungen förmlich geführt und gehalten werden: So verhoffen wir, ihr sollet alle neben uns den Fleiß haben, damit vor allen Dingen das theure Wort Gottes, uns zu diesen Zeiten gnädiglich und reichlich von Gott verliehen, seinen Gang habe und Frucht bringe. Aber dieselbigen äußerlichen Kirchenordnungen, darin denn durch Geiz, Gleißnerei und Blindheit viel verkehrter Weise eine Zeit lang eingeführt sind, nach dem Worte Gottes in Besserung zu stellen, haben wir von euretwegen und euch allen zu gut auf uns nehmen müssen und hierin mit Rath unserer Mitbrüder, der Prediger zu Königsberg, und Bewegung aller Umstände nachfolgende Ordnung begriffen, dieselbe dem durchleuchten hochgeborenen Fürsten und Herrn, Herrn Albrechten ꝛc. samt dem verordneten Ausschuß des ganzen Fürstenthums auf dem Landtag zu Königsberg im December 1525 gehalten fürgetragen, wie dann auch alsdann solche unsere Ordnung einhelliglich für gut angesehen, bewilligt und angenommen ist. Nicht daß hiemit, so viel unsere Ordnung belanget, der christlichen Freiheit zu entgegen einige Noth oder Gezwang gemacht und also den Gewissen, wie vormals durch Menschensatzung geschehen, Stricke gelegt werden sollen, sondern allein daß wir hierin, als durch eine bürgerliche willkürliche Ordnung, förmlich und ordentlich, auch so viel es möglich, einerlei Weise handeln und gebahren mögen, angesehen daß solche äußerliche Ceremonien und Geberden zum Theil von unserem Heiland Christo selbst aufgesetzt, als nemlich die heil. Sacrament der Tauff und seines Leibes und Blutes, auch etliche sonst in der Schrift gegründet als Ehe und Ehescheidung, darin dann ohndas niemand anders dann nach dem Worte zu handeln Macht hat; zum Theil aber eines alten unsträflichen alten Herkommens und den kindischen schwachen Christen, wie dann der Mehrertheil befunden wird, zu guter äußerlicher Anreizung dienstlich und nothwendig sind und derhalben je nicht mögen gar verachtet und abgethan werden, aber doch nicht sollen mit unförmlichen Mißbräuchen behängt bleiben. Ist derwegen unser gütliches Begehren und christliche Vermahnung, wollet zu Ehren dem göttlichen Worte und christlicher Einigkeit in solche gute Ordnung gutwilliglich und einmüthiglich treten, und wie uns der heil. Paulus lehret, in allen Dingen ordentlich gebahren." So viele Aehnlichkeit übrigens diese Kirchenordnung mit der Lutherischen Formula Missae verräth, so zeichnet sie sich durch größere Unabhängigkeit von den Gebräuchen der römischen Kirche aus, wie sie z. B. an die Stelle der herkömmlichen Perikopen eine fortlaufende Lection der ganzen heil. Schrift anordnet, den Gebrauch der deutschen Sprache im Gottesdienst weiter ausdehnt, die beiden Feste der Empfängniß und Himmelfahrt Mariä aufhebt, auch die Schlüsselgewalt fester normirt. In Betreff des ersteren Punktes wird verordnet: „Damit die biblische Schrift so viel bekannter unter dem Christenvolk werden möge, und sonderlich diejenigen, so in künftigen Zeiten Prediger werden sollen, bei der heil. Geschrift aufgezogen werden, soll die ganze biblische Schrift in Metten, Messe und Vesper ordentlich capitelweise eingetheilt und gelesen werden an den Orten, da man es füglich thun kann, denn die andern mögen nach Vermögen hienach greifen, doch also, daß man etliche Capitel, als von Erzählung der Geschlechter oder Völker, oder sonst dgl. im alten Testament, so dem Volk undienstlich, außen lasse. Auch dieweil solche Bücher noch nicht alle in gut deutsch gebracht sind, muß man dieweil in denjenigen, so im Druck ausgegangen sind, sich üben, bis so lang die andern auch gefertigt werden. Zum andern, dieweil aber solche Uebung der heil. Schrift neben anderem Singen und Lesen, welches doch wenig seyn soll, mehr denn in einerlei Sprache geschehen kann, und bereits allhie zu Königsberg und fast an vielen Orten der mehrere Theil solches Lesens und Singens in deutscher Zungen, damit sich es Jedermann am Besten gebessern möge, fürgenommen ist, bleibt es billig dabei, daß diese unsere gemeine Zunge vornehmlich hierin gebraucht werde, als sonderlich, was die Capitel der Schrift und Gebet oder Collecten, auch Handlung und Reichung der Sacramente belange. Was aber Introit der Messe, Et in terra sanctus, Agnus Dei und Responsoria zur Metten und Vesper sind, dieweil solches Alles viel Noten hat, und das Deutsche darunter nicht förmlich noch vernehmlich ist, mag man wohl lateinisch bleiben lassen, oder wo solche Gesänge jetzund bereits deutsch gehalten werden, mit der Zeit, wo die lateinischen Schulen besser in den Gang kommen, wieder lateinisch halten, denn auch Paulus 1. Cor. 14. nicht wehret, in der christlichen Gemein mit Zungen zu reden, und aber sonderlich diese Lande viel Undeutscher haben, welchen man hierin nicht wohl anders dienen kann, denn daß man etwas Lateinisches bleiben lasse, damit doch ihrer etliche auch ihren Theil an unserem Singen und Lesen verstehen. Wir haben auch für gut angesehen, daß man das lateinische Psalliren nicht ganz abgehen laffe, infonderheit wo beffere Translation kommen wird und die Schulen in dem Schwang gehen." Bezüglich der Excommunication ordnet die Kirchenordnung Folgendes: „Es soll Niemand kommen, das heil. Sacrament zu empfahen, er habe sich denn zuvor am Feiertag oder am Werktag sonst zu bequemer Zeit dem Diener erzeigt, denn dieß hochwürdig Sacrament nicht in gemeine unter den Haufen zu werfen oder geben ist, wie das Wort oder Predigt, sondern allein denjenigen, so sich als Christen beweisen und merken laffen. Derhalben sollen die Communicanten zuvor ihren Hunger und Durst, auch Glauben anzeigen. Item man soll das Volk in den Predigten wohl warnen und unterrichten, so in offenen Lastern liegen ohne alle Besserung; derhalben auch die Communicanten eine eigene Stelle und Ort nahe bei dem Altar haben sollen, damit sie von der ganzen Gemeine besichtigt werden, und sich niemand eindringen möge, denn so sich vorhin erzeigt haben und zugelaffen sind. Und hiemit mag mit guter Bescheidenheit wiederum der Weg zur rechten christlichen Excommunication mit der Zeit bereitet werden, doch daß hierin nichts fürgenommen werde ohne vorgehende Warnung, und daß die Gemeine mit dem Diener das Urtheil fälle. Item es sind etliche Personen, die nicht allein das göttliche Wort fliehen, sondern auch verspotten und lästern, begehren dennoch gewaltig das Sacrament von den Dienern, wollen aber nicht einige Rechenschaft geben ihres Glaubens oder Besserung; diesen soll man die Fahr ihrer Seelen Seligkeit, und daß sie dies Sacrament zum Verdammniß genießen, anzeigen und sie freundlich mit Gottes Wort unterweisen; will es nicht an ihnen helfen, ist ihnen das Sacrament nicht zu reichen. Item es kommen allhie zu Königsberg und an etlichen anderen Orten zu großen Fasten die Undeutschen mit großen Haufen, auch mit jungem Gesinde, begehren alle des Sacramentes und dringen sich ein; diesen muß man einen Tolcken bestellen, der auf solche Fest ihnen zuvor in ihrer Zungen guten fleißigen Bericht thu, auch darnach wiederum von ihnen Bericht nehme, daß man wiffe, was sie suchen und glauben." Jedes Jahr soll zum wenigsten eine Synode in jedem Bisthum gehalten werden: „Der Pfarrherrn oder Prediger Lehr und Leben zu erforschen, ihnen in ihren Zweifeln oder Gebrechen räthig und hülfig zu sein, und was sonst in Ecclesia von nöthen ist zu ordnen, schaffen, corrigiren, auch aufzusehen, daß jegliches Kirchspiel ihre Pfarrkirchen als ein gemein Gebäu in wesentlichem Bau halten." Die Kirchenordnung schließt mit den Worten: „Solche unsere Ordnung, so viel derselben eines jeglichen Orts oder Kirchspiels Gelegenheit dienstlich, soll an die Pfarrer oder Kirchendiener in den Sinodis oder Visitation mit guter Unterrichtung getragen werden, welche darnach weiter ihr Volk davon fleißig und bescheidenlich berichten sollen, damit so viel es möglich, alle Aergerniß verhütet werde. Wir wollen aber mit dieser unserer Ordnung in keinem Weg vernichtet und verworfen haben anderer Bisthümer und Kirchen Weise und Gebräuch, sofern sie sonst göttlichem Wort nicht entgegen sind, erbieten uns auch gegen Männiglich, unseres Fürnehmens Bewegung und Ursach, so viel es von nöthen sein wird, anzuzeigen. Dieweil wir aber, wie im Anfang vermeldet ist, niemand einige Noth noch Gezwang aus dieser Ordnung, so viel sie menschlich ist, machen, wollen wir auch uns selbst und unseren Nachkommen den Weg hiemit nicht gesperret haben, dieselbe unsere Ordnung nach Aenderung der Umstände mit der Zeit etwan zu ändern, mehren oder mindern, wie man solches in gutem Rathe wird finden mögen; doch kann Jedermann wohl abnehmen, daß von wegen christlicher Einigkeit sich nicht gebühren will noch zu gedulden wäre, so Jemand seines Kopfs und Gefallens diese bewilligte Ordnung verachten würde und übertreten. Deß wisse sich männiglich zu halten."

Auf demselben Landtage wurde neben der Kirchen= auch eine Landesordnung des Herzogthums Preußen [14]) angenommen, von deren achtzig Artikeln mehrere wichtige kirchenrechtliche Bestimmungen enthalten. In Betreff der Erwählung der Pfarrherrn wird angeordnet, der Lehnherr solle sich um einen tüchtigen, geschickten, des Worts Gottes erfahrnen Mann umsehen, denselben alsdann den Pfarrkindern anzeigen, und wenn sie sich über die Person geeinigt, dieselbe dem betreffenden Bischof zusenden, damit dieser den Vorgeschlagenen weiter examinire, und falls er tüchtig und geschickt befunden, dem Lehnsherrn und den Pfarrkindern wiederum zusende. Würden aber Lehnsherr und Gemeinde sich nicht auf eine Person vereinigen können, so solle der Bischof denjenigen erwählen, welcher für den tüchtigsten erkannt werde, ohne daß derselbe ohne des Bischofs Erkenntniß abgesetzt werden könnte. Die Zahl der Pfarrkirchen soll nach dem Grundsatz vermindert werden, daß durchschnittlich im Umkreis einer Meile nicht mehr als eine Pfarre sei. Für die hiedurch entbehrlich gewordenen oder untüchtigen Pfarrer soll gesorgt werden, indem ihnen der lebenslängliche Niesgebrauch der Pfarrhuben frei und ihren Erben gegen einen billigen Zins überlassen werde. An den vermöglichen Orten sollen jedem Pfarrer „zu seiner Enthaltung, damit auch das Wort Gottes desto stattlicher durch denselben geprediget werde," vier Huben und fünfzig Mark jährlich überreicht werden; dagegen sollen die Pfarrer hierüber das Volk mit andern Anflagen, als Beicht=, Läut=, Taufgeld, Vierzehnpfennigopfer und Anderem nicht mehr beschweren. — Der dritte Artikel handelt vom Kirchgang und befiehlt den Amtleuten, denen vom Adel und den Pfarrern, das Volk auf's freundlichst und gütlich zu regelmäßigem Kirchenbesuch zu ermahnen: „Würde aber jemand so ungeschickt seyn und zur Kirchen und Predigt, wie einem Christen eignet, nit kommen oder aber an Sonn= und Festtagen zur Zeit der Predigt oder Meß um den Kirchhof spazieren gehen oder zum gebrannten Wein und anderer Völlerei sich begeben, dieselben sollen aus der Gemeinschaft der Christen abgesondert, diejenigen aber, die eine Gotteslästerung und Verachtung daraus machen, auch freventlich und muthwillig sich dawider setzen wollen, dieselben sollen am Leib gestraft werden." — Der vierte Artikel schärft die Erhaltung der Schulen und derselben Vorsteher, namentlich für die größeren Städte ein; doch möge man mit einer Neuorganisation der bestehenden Schulen nicht eilen: „denn sollt man etliche Hochverständige (wie wohl von Nöthen) als Vorweser der Schulen mit großer Besoldung vorsehen, und wenn noch zur Zeit nit gewiß wäre, ob der gemein Kasten zur Unterhaltung der Armen genugsam seyn würde, möcht es zuletzt mit Spott liegen bleiben. Derhalben besser, daß es jetzo nit so eilend fürgenommen werde. Damit aber dennoch die Jugend bis zu besserem Vermögen wiederum und so viel geschehen mag, nit versäumt, sondern in Uebung erhalten, mag man sich mit den Vorstehern der Schulen aufs geneheft ihres Solds vereinigen und eine Tax machen, was der Reich und Arme geben soll." — Im fünften Artikel wird von der Pflicht des Gehorsams der Kinder geredet: wenn sich diese ohne Wissen und Willen ihrer Eltern vermietheten, verloben und dazu feierlich verpflichten, sollen solche Zusagen unkräftig sein. — Artikel 6 fordert, daß geistliche Lehen, Gillen und Brüderschaften und andere Zinsen „an die rechte Ehre Gottes" d. i. Armen und Dürftigen zugeeignet, in den Kasten gelegt und mit Wissen und Willen des Lehenherrn an demselben Ort, da die Lehne, Gillen und Brüderschaften gelegen, ausgetheilt werden; nur im Fall des Ueberflusses und dann nach eingeholter Entscheidung des Landesherrn, solle eine Austheilung noch an Arme andrer Orte erfolgen. — Art. 32 eifert wider Zauberei und sonderlich das auf Samland etwas gemeine Bockheiligen: was dieser Art den Behörden bekannt würde, solle sofort zur Bestrafung angezeigt werden. — Art. 35 verordnet, zum Furhang oder Kindelbier sollen nit mehr dann die Pathen und nächste vier Freunde gerufen werden und über ein Tag bei einander nit bleiben. — Im Art. 77 ist von den aufrührerischen Müttern die Rede, so bisweilen ihre Kinder im Bett ersticken, und gebietet, „daß ein jeglich Ehegatte, die da Kinder mit einander haben, mit allem Ernst verwarnt sei, ihre Kinder zu keiner Zeit in ihre Betten zu legen, dieweil wir erschreckliche und vielfältige unchristliche Thaten obbemeldter Stücke halben, aus Uebersehen geschehen, wahrhaftigen Bericht und Erkundigung haben. Sondern daß dieselben, wie ihnen geziemt und gebührt, ihre Kinder in wohlverwahrten Wiegen oder anderen Lager also vorsehen, daß solche jämmerliche Mord bei ihnen nit verursacht, sondern ohn Mittel verhütet werden. Darauf auch unsre Prälaten alle Pfarrer in ihren Stiften bei Vermeidung schwerer Strafe und Ungnad ein fleißig Aufsehen darauf zu haben, warnen sollen." — Art. 79 endlich eifert wider das Laster des Ehebruchs: „denn so jemand mit einem öffentlichen oder beweislichen Ehebruch betreten, es sei Mann oder Frau, den oder dieselbe wollen wir vermög der geschriebenen Rechte strafen lassen, als daß dem Mann das Haupt abgeschlagen und die Frau in einem Sack ertränkt oder ersäuft werde." Diese Landesordnung zeugt nicht nur von dem ernsten Willen der Regierung, das Bekenntniß des Evangeliums in That zu übersetzen, sondern auch von der niedern Bildungsstufe, auf welcher sich die Mehrzahl der Bevölkerung des Landes noch bewegte. Die römische Kirche war wie allenthalben mit der Pflugschaar des Gotteswortes nicht in die Tiefe gefahren, sondern hatte das heidnische Unkraut nur abgeschnitten, nicht mit der Wurzel ausgerissen. Die Aufgabe der evangelischen Prediger war schwer und weitaussehend, sie waren auf einen eigentlichen Missionsposten gestellt, der Arbeiter nur wenige. Um so froher war Speratus, kurze Zeit nach seinem Eintritt in die Ernte einen neuen tüchtigen Schnitter zur Seite zu bekommen in der Person Polianders.

Johann Poliander (Graumann), 1487 zu Neustadt in der Oberpfalz geboren, und auf der Universität Leipzig gebildet, von 1516—1522 erst Lehrer, dann Rector an der Thomasschule zu Leipzig, war durch die Leipziger Disputation, bei welcher er noch Eck als Amanuensis zur Seite gestanden war, für die Sache des Evangeliums gewonnen und von den humanistischen Studien zu den theologischen, namentlich den exegetischen übergeführt worden. Je offener er von nun an, auch in Predigten, die er in Leipzig hielt, seinen Glauben bekannte, desto unhaltbarer war seine Stellung in dem Lande geworden, das von dem erklärtesten Gegner der Reformation, Herzog Georg von Sachsen regiert wurde. Poliander begab sich 1522 nach Wittenberg, trat in persönlichen Verkehr mit Luther und Melanchthon und wurde durch diese tiefer in die Erkenntniß der evangelischen Wahrheit eingeführt. In den Jahren 1523 und 1524 bekleidete er in Würzburg an demselben Ort, wo einige Jahre zuvor sein späterer Mitarbeiter am Reformationswerk Preußens als freimüthiger Wahrheitszeuge aufgetreten war, ein Predigtamt. Mit Offenheit hatte er hier dem Götzendienst der Heiligenverehrung den Krieg erklärt. Am Feste des heil. Kilian, des Schutzpatrons Würzburgs, predigte er im Jahre 1524 nach Hebr. 11: „Heute feiert die Würzburger Kirche den Zeugentod ihres Apostels Kilian, Colonat und Totnan. Wir ehren sie wahrhaft, wenn wir ihrem Glauben, Liebe und Geduld nacheifern, aber in äußeren Dingen, Kleidung, Lebensweise, eremitischer Einsamkeit sie nachahmen, wobei Geiz, Neid, Rachsucht, unlautere Begierde bestehen können, ist Affenweise. Glaube Niemand, daß, indem ich die Brüder ermahne, mich leidenschaftliche Erregung gegen die Gegner leite. Ich rede nach meiner Pflicht; um nicht für einen stummen Hund zu gelten, habe ich euch die Wölfe zeigen wollen und diese heiligen Schriften nicht bloß als Brod sondern auch als Schwert vorlegen mögen. Pflanzen und Bauen genügt nicht, es geht nicht ab ohne Einreißen, Zerstören, Niederwerfen und Zerstreuen. Nur mit Anschauung und Nacheiferung des Glaubens der Heiligen dürfen wir uns zufrieden geben." Ebenso am Tag aller Heiligen über Offenb. 7, 2—12: „Wir feiern heut den Tag aller Heiligen, wir freuen uns mit ihnen, wir ehren und halten sie hoch, denen der allerhöchste Gott der allein heiligt, verliehen hat, daß sie seien heilig und unbefleckt, ja Christo gleich gestaltet. So werden wir der Heiligen Consorten und wahre Verehrer und können rühmen ein Jeder: ich bin ein Genosse aller, die dich fürchten und deine Gebote bewahren." Von Würzburg im Frühjahre 1525, wahrscheinlich in Folge des Bauernaufstandes vertrieben, begab sich Poliander nach Nürnberg, und während er in dieser Reichsstadt sich aufhielt und predigte, bekam er den Ruf, an die Stelle des Amandus in der Altstadt einzutreten. Gegen Ende des Jahres 1525 traf er in Königsberg ein und entledigte durch sein Kommen unsern Speratus des Pfarramtes der Altstadt, welches dieser ein Jahr lang interimistisch geführt hatte. Speratus hatte an den beiden Königsberger Predigern Briesmann und Poliander eben so eifrige und umsichtige als treue Amtsbrüder, alle drei, durch das Band innigster Freundschaft mit einander verbunden, wirkten einmüthig fortan zu einer festen Grundlegung der evangelischen Kirche Preußens. Der imponirenden Persönlichkeit Polianders entsprach der energische, markige Geist, welcher sich in seinen tief aus der Schrift geschöpften, kräftigen Predigten aussprach, während er sich als Dichter des Liebs „Nun lob mein Seel den Herrn" in die Reihe der ersten evangelischen Kirchendichter neben Sperat stellt. Wie Poliander „dem gemeinen Mann lieb war um des Fürtragens willen des Wortes Gottes, dazu ihm Gott vor Andern Gnade verliehen," so stand er auch mit Herzog Albrecht, „der sich gern mit ihm besprechen und fröhlich machen mochte," in einem innigen Freundschaftsverhältniß, ohne daß dadurch Speratus zur Eifersucht gereizt worden wäre. Auffallend erscheint es namentlich, daß nicht der Hofprediger Speratus, sondern der Prediger der Altstadt Poliander am 24. Juni 1526 die Ehe des Herzogs mit der Prinzessin Dorothea, Tochter des Königs Friedrich I. von Dänemark einsegnete. Auch diese Verbindung muß als eine der Förderung der Reformation überaus günstige bezeichnet werden. Die edle Fürstin entwickelte bald eine ebenso starke evangelische Ueberzeugung, „ein festes Trauen und Glauben an unsern einigen Heiland," wie ihr Gemahl; sie machte ihn überdieß glücklich in seinem Hause. Herzog Albrecht konnte die edlen theuren Gaben seiner Frau nicht genug rühmen; überdieß: „wäre sie eine arme Dienstmagd gewesen," sagt er, „so würde sie sich nicht demüthiger und getreuer, in unwandelbarer Liebe gegen ihn Unwürdigen haben verhalten können." Indem ihr Bruder Christian, später König von Dänemark, sich mit einer lauenburgischen Prinzessin verheirathete, aus welchem Haus auch Gustav Wasa in Schweden nachmals seine Gemahlin erwählte, traten alle diese evangelischen Gewalten des Nordens in die engste Verbindung.

Am 31. März 1526 wurde Speratus mit dem Hauscomthur Adrian von Waiblingen vom Herzog und den beiden evangelischen Bischöfen durch ein Visitationsmandat beauftragt, die Kirchenordnung in den Gemeinden durchzuführen und die Grundlagen des neuen Kirchenwesens zu legen: Die

Visitatoren sollen die unverständigen aber zu gutwilliger Berichtigung willigen Pfarrer christlich und freundlich so viel möglich unterrichten, wo sie aber auf Abneigung und Unlust stoßen, nach andern Predigern, dadurch die Unterthanen nicht verführt werden, fleißig fragen und trachten. Leider fehlen uns alle Nachrichten über den Erfolg dieses „Umzugs", auf welchem namentlich auch die Parochialgrenzen und die Pfarreinkünfte festzusetzen waren. Wie viel Hindernisse sich der neuen Ordnung entgegenstellten, mögen wir daraus erkennen, daß in den folgenden Jahren Mandate auf Mandate nothwendig waren, die Vollziehung und Beobachtung der Kirchenordnung einzuschärfen. Bei der von den beiden Bischöfen im Jahr 1528 gehaltenen Visitation zeigte sich, daß die Kirchenordnung von 1525 noch vielen Geistlichen fehlte, und daß die Evangelisation namentlich der Landbevölkerung sehr langsame Fortschritte machte.

Ueber die Art, wie Speratus sein Predigtamt am Hof verwaltete, fehlen uns alle Nachrichten; nur auf eine Thätigkeit des Hofpredigers können wir noch aufmerksam machen, auf seine Stellung zu Schwenckfeld. Caspar Schwenckfeld, der zu Ende des Jahres 1525 nach Schlesien zurückgekehrt war, hatte sich in Verbindung mit Valentin Krautwald, dem Canonicus und Lector bei dem Johannisstift, von Liegnitz aus an Herzog Albrecht gewandt, diesen für seine Schwärmerei zu gewinnen. Der Fürst forderte über Schwenckfelds Schrift[15]) ein Gutachten von den drei Predigern Briesmann, Poliander und Speratus ein. Letzterer verfaßte es[16]) am 13. Nov. 1526, nachdem sie nur ein Stündlein oder anderthalb mit einander haben conferiren können, nicht als ob die Sache unwichtig, im Gegentheil sei sie trefflich und solcher Maß durch die (Liegnitzer) Prediger gehandelt, daß nicht Noth sein will, darin zu eilen, noch ohne wohlbedachte Erörterung aller Wort, welcher tieferer und verdeckter Sinn sich nicht überall recht herfürthun will, etwas Beständiges zu erwiedern; aber mit anliegenden andern Geschäften beladen, müßten sie in so kurzer Zeit beschließen; sie behielten sich vor, zur Besserung derer, so solche Schrift haben ausgehen lassen, und aller andern Christen, die Sache noch weiter zu handeln, wenn Noth sei, wollens auch gern, bis sie gründlicher erfahren, was die eigentliche Meinung der Liegnitzer sei, ihnen zu gut halten, es sei so rauh nicht gemeint, als die Worte lauten. Für jetzt könnten sie nicht bergen, daß sie die Besorgniß hegten, die Meinung sei nicht als lauter als die Worte gut und hübsch. Sie müßten sich wundern, daß die Liegnitzer sich nicht nach Wittenberg gewandt, was ihnen näher, und wo Leute seien, die verständiger als sie, bei denen ohne Zweifel guter Rath in diesen und dergleichen Sachen zu finden; aber vielleicht, fügt Speratus am Rande bei, suche man weniger Unterweiser als solche, die ihrer Sache zufallen. In sechs Sätzen werden die Artikel der Liegnitzer einer Kritik unterstellt: 1) Auffallend ist, daß nach einem Anlauf in den ersten beiden Artikeln zu einer Vertheidigung ihrer Auslegung der Einsetzungsworte des Abendmahls gegen den Vorwurf, daß sie eine Mißhandlung derselben sei, sie im dritten Artikel von dieser Hauptsache sogleich abfallen allein auf das Brod und Wein des Worts, das mit dem Glauben gegessen und getrunken werde. Denn dieweil sie so hart ein Anderes verantworten und lassen das Eine liegen, darin sie sich unrecht beschuldigt klagen, muß man ja einen Argwohn haben, es liege ein Heimliches verborgen, es sei ja Fuchs oder Haas. Man müßt ans Licht herfür und da ein Pflaster überlegen, da das Geschwär ist. Wir besorgen, sie halten Brod und Wein nicht für Leib und Blut Christi; sie bekennen wohl, diese sind ein Zeichen eingesetzt, was es aber mehr sei, lassen sie bleiben und sagen darnach viel von dem Andern. Daraus möcht man argwohnen, sie verstünden die Worte auch anders, denn sie zu verstehen sind. Frisch heraus oder geläugnet, so weiß man was im Schild geführt wird. Es möcht diesen Argwohn stärken, daß ihre ganze Schrift dahin bringet, zu Wege zu bringen, daß der Brauch des Sacraments so lange, bis Alles geschehen, was sie vorgeben, aufgeschoben werde. 2) In dem dritten Artikel greifen sie zu weit und sagen, daß man das hochwichtige Sacrament bisher auch bei den Evangelischen nicht nach dem Befehl Christi und Pauli gebraucht habe. Da wäre ein Briefle gut bei. Sie wollen, daß mit dem Sacrament gewartet werde auf ihr Zusammenrotten der Christen äußerlich, auch das Wort werde eher nicht Frucht bringen, als bis das Sacrament recht in einer äußerlichen Gemeinde gebraucht werde. Hier nehmen sie dem Wort, dem sie doch wie billig überall das Größte zuschreiben wollen, die Frucht des Worts mehrtheils und schreibens dem Sacrament zu, das sie doch oben allein als ein Zeichen achten. Ists wahr, daß das Sacrament nie recht gebraucht bisher ist worden, so wird das Wort auch ohne Frucht gepredigt sein wider das Gleichniß in dem Propheten von dem Regen, der aufs Erdreich fällt und nicht vergebens. Doch sagen sie nicht gar von keiner Frucht, sondern von wenig. Man lese aber hinten und vorn und klaub überall zusammen, so findet man, was überall die Meinung ist. Das Wort bringt Frucht und bringt Frucht, wo es will, und merkt nicht auf eine auswendige Zusammrottung, und eben das ist auch des Worts Frucht eine: nicht verachten oder aufschieben, das Zeichen zu empfahen, welches Christus ohne Zweifel nicht umsonst neben dem Wort hat eingesetzt. 3) In ihrem fünften Artikel legen sie Allen auf und als ob es allweg geschehe, was etliche durch Unverstand oder Fürwitz angefangen, und doch bald gestillet ist; wer weiß das nicht, daß der Glaub Alles ohn Aeußerliches allein ausricht? Papisten lassen wir geirrt haben, ja auch die, so wollen Evangelisten sein, was gibts aber und nimmts der Sach? Wir halten und reden anders davon. Sie mochten doch etlich ausgenommen haben; nun aber reden sie also davon, als ob wir noch in Solchem von ihnen zu beschuldigen wären, dieweil doch unsre Predigt und Bücher anders klingen und weisen. Also sagen sie auch in dem eilften Artikel und bekennen doch, daß wir in diesem Stück alle zugleich stimmen, nämlich daß in keinem äußerlichen Ding (ja auch im Brauch des Sakraments), sondern im Worte Gottes die Seligkeit gelegen sei. 4) Sagen sie in dem siebenten Artikel von einem christlichen Katechism oder Unterricht. Ich wollte, daß sie zu Wittenberg hie und anderswo und vielleicht nicht fern von ihnen wären, so möchten sie ansehen, daß es also gehalten wird. Sie vermuthen sich aber die Ersten zu sein, die solches anrichten wollten, als wäre es nie seit der ersten Kirche her im Brauch gewesen. Im sechsten Artikel, davor möcht man sorgen, sie spannten die Worte des Apostels zu hoch. Denn was ist einem Gläubigen leichter zu verkündigen als den Tod des Herrn? Paulus hatte an seinen Corinthern viel Brechens gefühlt, aber noch nie vom Brauch des Sacraments das Volk abgerissen. Wo er jetzt bei uns wäre, hoffen wir, er sollt uns auch gnädiger sein. Brauch recht, brauch übel das Sakrament, wer will, da soll man immer mit dem Wort herfür kommen, den Brauch aber nimmermehr ablegen. 5) Der achte Artikel läßt sich gleich also ansehen, als wollten sie allein lauter feiste Heiligen zum Brauch dieses Sacraments zulassen, uns magere Sünder davon stoßen. Man muß die Leut lehren Erkenntniß der Sünden, Verzeihung derselben, item auf die Lieb gegen Gott und den Nächsten weisen, ihm auf die Dämpfung und Tödtung der Lust und des Fleisches. Das ist wohl und recht. Aber mit den Faulen geht es nicht als leicht zu, und als es gesagt und gehört, ja noch dazu geglaubt wird. Wunderlich führt Gott seine Heiligen, also daß mannigmal unter den Dingen, die obgemeldeten Stücken zuwider sind, sie selber am kräftigsten verborgen liegen und nicht gefühlt werden, wär nicht in Christo die größte Verzweiflung gefühlt und doch inwendig im Geist verborgen die größte Hoffnung. Ich meine, David könnt einem auch ein Stück davon erzählen und andere dergleichen also von Gott wunderlich Geführte. Diese alle müßten eben in dieser Zeit, so sie des Worts und Zeichens am Nöthigsten bedürfen, des Sakraments gerathen, bis so lang, daß sie fühleten und sich alsdann auf ihr Fühlen mehr verließen denn auf Gottes Wort und Zeichen. 6) In den nachfolgenden drei Artikeln lassen sie sich allzu grob merken, daß es ihnen allein zu thun ist um das, daß man den Brauch des Sacraments solang laß anstehen, bis sich die rechten Christen äußerlich versammelten zu Hauf. Gut wäre es wohl, daß sich die Christen zusammenhielten, wo man immer einen Sinn durch die Gnad Gottes erdenken möcht, da möchte dann der Bann seinen Gang haben. Es wird aber durch unsern Rath nicht zugehen. Man predige getrost, bleib an dem rechten Weg, wird zu seiner Zeit wohl geschehen. Aber damit hilft man nicht dazu, daß Einer davon also hält, der Andere anders; man möcht wohl eher ein äußerlich christlich Kirch dadurch zertrennen denn zusammenbringen. Wir wollen hoffen, Gott wird einmal seine Gnad geben. Daß man aber dieweil still soll halten mit dem Brauch, ist nichts anders, denn eben das hinlegen, dadurch ein äußerlich christlich Gemein mag (so viel möglich) erkannt werden. — Das Begleitschreiben, mit welchem Speratus dieses Gutachten an Schwenckfeld absandte, ist freundlich gehalten. Sein Urtheil ist ein schönes Zeugniß von der Gabe, welche ihm inwohnte, die Geister zu prüfen; er erkannte die Hintergedanken, welche der Schwärmer mit der Forderung einer Aufrichtung des Bannes hatte, aber verbarg sich auch nicht, daß Schwenckfeld selbst sich nicht klar darüber bewußt sei. Sein Gutachten zieht eine Scheidewand zwischen der lutherischen Kirche und Schwenckfeld, wie das Urtheil, das Luther schon im Jahr 1525 dem Schwärmer in's Gesicht gesagt hatte: „Entweder ihr oder wir müssen des Teufels leibeigen sein, weil wir uns beiderseits Gottes Worts rühmen!" Freilich ließ sich, wie wir unten lesen werden, Schwenckfeld nicht abschrecken, bei dem Bischof anzuklopfen, nachdem der Hofprediger ihn abgewiesen hatte.

Speratus fühlte sich je länger je mehr in seiner Stellung als Hofprediger unheimlich, er sehnte sich aus der Hofluft und dem Hofleben heraus. Seine Stimmung drückt sich in einem vom 9. Februar 1528 datirten Brief an Briesmann ab, welcher damals in Riga wirkte[17]). Er klagt über die trotz allen seiner Sorgen und Mühen noch nicht geordneten Verhältnisse des Landes, über die drohenden Gefahren, während die Hofleute nur Friede, Friede! riefen, über das unchristliche Leben, wodurch bei den Papisten der Name Christi verlästert werde. Schwer seufzt er über das Eindringen der Sectirer und die von diesen gestifteten Spaltungen, über die Häupter der Secten, welche ihren Einfluß beim Herzog mit Erfolg geltend machten: „diese spielen mit den Wiedertäufern unter einer Decke, Jene hängen sich an die Sakramentirer, noch Andere verachten alles Gewöhnliche und suchen, immer Neues auf die Bahn zu bringen, d. i aus Christus eine hundertköpfige Hydra zu machen." Auch mit sich selbst ist er unzufrieden, sein Dialect bereite ihm Schwierigkeiten, er könne kaum noch mit gutem Gewissen am Hofe leben. „Mir mißfällt jetzt Preußen, und ich glaube nicht, daß es mir jemals besser gefallen wird. Mein Vaterland soll überall sein!" Doch hat sich ein Jahr später des Schwaben Unmuth gelegt; er schreibt im März 1529 demselben Freunde[18]), den er den Ersten aller seiner Freunde nennt, daß er nach dem unabänderlichen Rathschluß Gottes entschlossen sei, in diesem seinem Aegypten auszuharren: „Denn was soll ich anders thun, als endlich aus Klugheit mich mit mir selbst wiederum aussöhnen und Aegypten für ein Paradies ansehen, weil also des Herrn Wille mit mir ist." In der Schwermuth, welche auf ihm lastete, suchte Speratus in der Apokalypse Trost und trug sich mit dem später von Flacius ausgeführten Plan, einen Catalogen der Wahrheitszeugen aus vorreformatorischer Zeit zu sammeln. Im Jahre 1528 schreibt Luther an ihn: „Wir haben das Gesicht Bruder Clausen in Schweiz, von euch anher gesandt, empfangen, und wiewohl ich dasselbige vor etlichen Jahren auch in Carolo Bovillo gesehen und gelesen, so hat mich's doch dazumal nichts bewegt als dem, der mit dem Pabst nichts zu schaffen hatte. Aber jetzt gehet mir der Anblick zu Herzen, denn ich bin durch

Streiche witzig worden, den Sachen nachzudenken. Fürwahr, Christus gibt dem Pabstthum viel Zeichen, aber sie haben eine eherne Stirn und eisernen Nacken gewonnen, daß sie sich an die allesamt nicht kehren, auf daß sie ohne alle Gnad verderben und untergehen. Demnach schicken wir euch den Bruder Clausen wieder, daß ihr ihn zu den Andern sammlet, die auch Mitzeugen sind Christi wider den Endechrist." Ebenso schreibt Speratus selbst an den ehrsamen und weisen Thomas Saghem [19]): „Wiewohl hinfort Niemand den Betrug der römischen Bestien (welcher nun genugsam offenbar worden ist) so vielmal herwieder anzuzeigen für Nutz achten wird, sonderlich zu der Zeit, da aus Verdienst unserer Undankbarkeit so viel neuer und schädlicher Uebel eins nach dem andern aufkommen, welchen wir allerding in der Kraft Christi meinen Widerstand zu thun sein: jedoch, was schadets, wie du aufs höchst vermahnst, dieweil wir zu unsern Zeiten jetzt dafür gehalten werden, als wollten wir allein klug sein, daß man auch etlicher Alten vor Jahren Zeugniß von dieser Sect herfür ans Licht bringe, auf daß durch ihre vorgehende Meinung unsere, die hernach gefolget hat, bei den Schwachen gleich als bestätigt werde. Denn die stark sind, weder Neues noch Altes ohn das Wort Gottes loben oder schelten, sondern glauben allein dem Wort ohn und wider Alles." Das Gesicht Clausens wurde noch im Jahre 1528 von Luther mit einer Erklärung und dem oben erwähnten Brief des Speratus herausgegeben; dieser fand zur Ausführung seines Plans keine Zeit, da er bald auf einen noch mühevolleren Posten vorgeschoben werden sollte. Durch desselben sonst nicht näher bekannten Thomas Saghem Vermittlung hatte sich Speratus auch „mit großer Müh und Unkost" den Commentar zur Offenbarung Johannis verschafft, welchen Johann Purvey, Wiklefs Schüler und Caplan in Lutterworth aus den Vorlesungen seines Lehrers geschrieben, und um dessen willen, weil darin der römische Pabst die Babylonische Hure und der Antichrist genannt wird, er schwere Verfolgungen zu erdulden gehabt hatte. Speratus übersandte den werthvollen Fund an Luthern, und dieser ließ das Buch 1528 mit einer Vorrede in Wittenberg drucken. Speratus sollte bald auf einen freieren und selbständigeren, wenn auch noch verantwortungsvolleren Boden versetzt werden: das Vertrauen seines Herzogs erhob ihn auf den pomesanischen Bischofsstuhl.

6.
Der Bischof von Pomesanien und seine Verdienste um Ausbau der Kirchenverfassung.

Am 10. September 1529 war der Pomesanische Bischof Erhard von Queiß auf der Rückreise von Königsberg zu Preußisch-Holland im herzoglichen Amthause nach kurzer Krankheit an dem damals Deutschland verheerenden englischen Schweiß gestorben. Im Frieden Gottes, dem er in seinen letzten Jahren treu gedient hatte, neigte er sein Haupt, nachdem er zuvor sein Haus bestellt und zu diesem Zweck den Amtmann und einige Pfarrer um sein Sterbebett versammelt hatte. Er beauftragte sie, dem Herzog als seinen letzten Willen zu melden, zum Ersten, daß S. F. G. sich ja nicht unterstehe, aus eigenem Fürnehmen noch Gunst, sondern nach gemeiner Election, Verwilligung und Mitwissen der Pfarrherrn einen andern Bischof zu ordnen; zum Andern, daß er die Pflichten seines fürstlichen Amts gar wohl betrachte und derhalben seine Unterthanen regiere in Gericht und Gerechtigkeit zur Ehre des Namens des Herrn, denn es sein Volk sei, und er von Gottes wegen ihr Regierer, deshalb er nicht gedenken dürfte, daß er solch Volk aus eigener Vorsichtigkeit, List oder menschlichem Gewalt unter sich bringe, sondern von Gott, der auch derhalben Rechnung fordern werde, zu regieren in Befehl empfangen habe, und zwar, weil wir alle zugleich im Blut unseres Herrn Christi Gebrüder seien, in Gnade und aller Sanftmüthigkeit in der Regierung fürgehe. In gleich patriarchalischer Innigkeit ließ er die Herzogin Dorothea ersuchen, sie wolle um Gottes willen den weltlichen Pracht abstellen und sich in allem ihrem Thun aufs Allerdemüthigste und ganz sorgfältig nicht anders, denn es eines christlichen Bischofs, d. i. eines Aufsehers Gemahel und Gesellin eigne, halten und erzeigen. Herzog Albrecht übertrug die erledigte Bischofswürde seinem Hofprediger Speratus. Mit welchen Gesinnungen dieser dem Ruf folgte, zeige uns ein Brief, den er an seinen „unvergeßlichen Freund" Briesmann in der ersten Zeit nach Antritt des neuen Amtes schrieb [20]): „Ich habe nun das allerarbeitsvollste Amt inne, die Sorge um die mir anvertrauten Kirchen liegt mir ob; kaum bin ich schon älterer Mann einer solchen Arbeitslast gewachsen; wäre es erlaubt, würde ich es vorziehen, als Privatmann zu leben. Wir erwarteten dich hier, denn wir wußten, daß dir Livland nicht behagt. Aber wir leben nicht uns; wie es dem Vater gefällt, so geschehe mit uns. Nur um das Eine wollen wir bitten, daß der Wille des Herrn uns süß sei."

In der That war das Arbeitsfeld des neuen Bischofs eine fast unbebaute Wildniß, auf welcher das Unkraut heidnischen Unglaubens und Aberglaubens noch tief wurzelte und üppig wucherte. Eben waren es drei Jahrhunderte, seit die deutschen Ordensritter Pomesanien für die römische Kirche erobert hatten. Pabst Innocenz IV. hatte im Jahre 1243 die vier Bisthümer Culm, Pomesanien, Ermland und Samland errichtet. Das Bisthum Pomesanien, umfaßte außer der Landschaft gleichen Namens auch den größten Theil des Hockerlandes östlich davon und weiter nordöstlich den südlichen Theil von Pogesanien, die heutigen Kreise Marienwerder, Marienburg, Stuhm, Rosenburg, Graudenz, Mohrungen, Preußisch-Holland, Osterode. Marienwerder ward zum Sitz der Kathedrale bestimmt; die Einrichtung des Domcapitels, vorerst mit nur sechs Domherren, erfolgte 1285. Der gewöhnliche Wohnsitz des Bischofs war das drei Meilen entfernte Städtchen Riesenburg. Wie in den übrigen Bisthümern hatte der pomesanische Bischof den dritten Theil des Landes in eigenthümlichem Besitz. Sein Bisthum gehörte dem Namen nach zu dem Metropolitanverband unter dem Erzbischof von Riga, aber seit der Mitte des 15. Jahrhunderts war diese Abhängigkeit ganz aufgehoben. Der Amtsvorgänger Sperats hatte erst in der letzten Zeit seines Lebens mit seinem evangelischen Bekenntniß Ernst gemacht; in seinem Bisthum zeigte sich eine größere Opposition gegen Einführung der Reformation als in Samland: ein Theil des Sprengels stand beinahe seit einem Jahrhunderte nicht unter des Ordens, sondern unter polnischer Gewalt und blieb der römischen Kirche zugethan; selbst in Marienwerder behaupteten sich noch ein paar Jahre einige Domherrn unter polnischem Schutz in ihrem Widerspruch gegen die Reformation; sie mußten aber (1526) Marienwerder verlassen und wurden anderweitig versorgt. Andrerseits stunden Theile des ehemaligen Ordensgebiets unter dem ermländischen Bischof und wurden am 10. März 1528 dem Samländischen und Pomesanischen Sprengel einverleibt; letzterem fielen Rostenburg, Seheften, Rhein, Lötzen, Angerburg, Nordenburg, Johannisburg, Lyk und Strudauen zu. Wenn darum der Geschäftskreis der Bischöfe durch ihren freiwilligen Verzicht auf die weltliche Herrschaft gemindert wurde, so ward er gleichzeitig erweitert durch das neue Territorium, auf welches sich ihre geistliche Jurisdiction ausdehnte. Gleichzeitig mit dieser neuen Umgrenzung der Diöcese hatte der Herzog ein Mandat zur Visitation der Kirchensprengel erlassen, bei welcher die kurfürstlich sächsische Visitationsordnung maßgebend sein sollte. Als Sperat den Bischofsstuhl bestieg, war ein großer Theil seiner Diöcese kaum berührt von der neuen Ordnung der Dinge; seine Geduld sollte auf harte Proben gestellt werden, denn die hergebrachte Zucht- und Ordnungslosigkeit wollte der neuen, mit kräftiger Hand von ihm gehandhabten Ordnung und Zucht nicht weichen. Doch Speratus war nicht der Mann, welcher, nachdem er einmal Hand an den Pflug gelegt hatte, hinter sich geschaut hätte.

Sogleich nach seinem Amtsantritt folgte auf die Einrichtung von Archipresbyteratssynoden, die bereits auf der Kirchenvisitation von 1529 getroffen war, die Einführung der Provinzialsynoden, auf welchen, wie es in dem herzoglichen Ausschreiben zu einer derselben in Marienwerder heißt, „Gott zu Lob, zu Besserung der Unterthanen, auch zu Förderung ihrer Seelen Heil und Seligkeit alle geistlichen Gebrechen verhört und davon aus der Schrift gehandelt und gebessert und auch christliche Synodalstatuten publicirt werden sollten." Das Resultat dieser Synodalzusammenkünfte war ein neues Kirchenbuch, das in den ersten Tagen des Jahres 1530 lateinisch erschien unter dem Titel: Articuli ceremoniarum e germanico in latinum versi et nonnihil locupletati [21]. Der Herzog und die beiden Bischöfe schickten dem Kirchenbuch Vorreden voran. Ersterer grenzt bestimmt und scharf zwischen weltlichen und geistlichen Dingen ab, wo diese beiden vermengt würden, da drohe Verderben.

Zwar sei er augenblicklich genöthigt, in ein fremdes Amt, das bischöfliche miteinzugreifen, um mit durch die Autorität der fürstlichen Gewalt die Ordnung in der Kirche zu stiften und das Ansehen der Bischöfe zu kräftigen; aber es geschehe dieses auch nur im Einklang mit der geistlichen Gewalt: „Wir wollen, daß die Sorge für geistliche Dinge den beiden Bischöfen und den gelehrten und frommen Männern zukomme, welche jene sich beigesellten. Es ist aber am Tage, wie sich jene beiden die bischöflichen Geschäfte angelegen sein lassen, um durch Erkenntniß der alten Uebelstände neuen vorzubeugen, damit nicht falsche Lehren einschleichen und ungesunde Nahrung die Heerde des Herrn verderbe. Denn sie achten es nicht für genug, in der Zukunft Synoden einzuberufen, die Provinz nach allen Richtungen zu bereisen, über die Sitten, den Wandel und die Lehre der Diener des Evangeliums Erkundigungen einzuziehen, zu Vorständen, Archipresbytern, Archidiaconen kluge Männer einzusetzen, auf deren Rath in zweifelhaften Fällen Ungelehrte hören mögen, sondern sie veröffentlichten auch ein Buch, in welchem sie Art und Weise zu lehren, zu leben und Alles recht einzurichten vorzeichnen, damit Einhelligkeit herrsche in den Sacramenten der Kirche, kein Widerstreit in der Lehre aufkomme, sondern in Allem Einheit sei. Alle diese Anordnungen wurden aber mit großer Sorgfalt nicht aus menschlichem Wohlmeinen getroffen, sondern allenthalben auf Rath und Anweisung der Schrift. Wie darum einige christliche Kaiser und Fürsten sich nicht schämten, das Diadem sammt dem Purpur abzulegen, um sich der Autorität der Bischöfe zu fügen, ihre Censur anzunehmen, die kirchlichen Verordnungen zu beschwören und ihre Unterthanen zu gleicher Unterwürfigkeit zu ermahnen; so wollen auch wir, wenn auch Jenen an Macht nicht gleich, doch mit nicht geringerer Ehrfurcht die Autorität unserer Bischöfe und der durch Gottes Wort erprobten Lehre aufrecht halten. Wir bitten und vermahnen, daß alle unsere Unterthanen, große und kleine, adelige und bürgerliche, Vorgesetzte und Untergebene, gleichen Gehorsam leisten, d. i. das Göttliche für göttlich halten, ihm willig gehorchen und das Menschliche auf seine Grenzen beschränken." Die Vorrede der Bischöfe leitet das Bedürfniß häufiger Visitationen hauptsächlich aus dem niederen Bildungsgrad der Mehrzahl der Hirten und Heerden ab. Von ihrem Buche sagen sie, daß es nicht nöthig sein würde, wenn vorausgesetzt werden dürfte, daß eine oder die andere der vorhandenen evangelischen Lehrschriften, aus denen sie Manches wörtlich aufgenommen, in den Händen der Geistlichen wäre, aber Königsberg sei der einzige Ort im Herzogthum, wo dergleichen Bücher zu kaufen wären, und manche von den auf 26 Meilen in der Runde Wohnenden kämen da niemals hin. Mit allem Nachdruck verwahren sie sich dagegen, daß sie mit dieser Schrift Menschensatzungen aufrichten, und rufen ein doppeltes Wehe aus, wenn sie hier etwas nicht zum Frommen, sondern zum Strick anordneten und einen andern Gottesdienst außer dem Glauben, durch welchen Gott allein gedient werde, anrichteten. Sie schließen mit dem Segen: „Der Gott des Friedens, nicht der Uneinigkeit, sondern der Eintracht, der Liebe, der Hoffnung und alles Trostes, der da reich ist an Barmherzigkeit über Alle, der Alles wirket in Allen, der uns berufen hat zu seiner ewigen Herrlichkeit in Christo Jesu um seiner großen Liebe willen, mit der er uns als ein frommer und gnädiger Vater geliebet hat, öffne uns durch unsern Herrn unsern Sinn, damit wir erkennen und ergreifen mögen, was überall das Beste ist zum Lob und zur Ehre seines allerheiligsten Namens, der gepriesen sei in Ewigkeit. Gnade und Friede Allen, die unsern Herrn Jesum Christum lieben in Einfalt. Amen." Die Lehrartikel beschränken sich auf diejenigen Dogmen, über welche ein Unterricht für die Geistlichen zunächst nothwendig erschien. Die Artikel in Betreff der Ceremonien stimmen im Wesentlichen mit denen vom Jahr 1526 überein, nur sind größere Zusätze gemacht, namentlich aus Luthers eben erschienenem Katechismus. Der bedeutentste Zusatz findet sich im Abschnitt von der Predigt; dieser fordert, daß nichts als Gottes Wort gepredigt werde, im Gegensatz gegen einige ungestüme Prediger, welche den einfachen Sinn der Schrift verfälschend auf Seiten- und Abwege sich verlieren und mit tragischen Geberden und Gesticulationen gegen den Pabst, die Bischöfe, Mönche und Andere, ja selbst gegen Könige, Fürsten und alle weltlichen Obrigkeiten schreien, daneben auch gegen die übrigen Prediger Einiges, was gar nicht im Text liege, vorbringen und so um Volksgunst buhlen, während sie daneben die wahre Lehre verschweigen, den Glauben, die Früchte des Glaubens, die Liebe und andere gute Werke, die aus dem Glauben fließen, die beiden Sakramente, den Gehorsam gegen die Obrigkeit, das Kreuz und die Geduld und die andern Früchte des Geistes. Dieses und Aehnliches soll man dem Volk predigen, nicht über Fleischessen und Mönche schelten, außer wenn es mit Sanftmuth geschehen muß, um die Gewissen zu entbinden. Dieser erweiterten Kirchenordnung gemäß bemühte sich Sperat durch Visitationen in seinem Sprengel einen geordneten Zustand des kirchlichen Lebens zu gründen. Auf herzoglichen Befehl wurde die Augsburgische Confession durch bischöfliche Decrete in aller Strenge im Lande eingeführt: „Wer etwas wider die Augsburgische Confession lehren würde, der sollte excommunicirt sein, und wo er nicht widerrufe, aus der Kirche ganz verworfen werden."

Wie langsam es mit der Ausrottung des tiefgewurzelten Aberglaubens und der Pflanzung neuen evangelischen Lebens von Statten ging, bezeugt Sperats Visitationsbericht vom Jahr 1538. Da die gewöhnliche Entschuldigung (mit Grund oder Ungrund) Unwissenheit war, so hatte Sperat eine Zusammenstellung der kirchlichen Bestimmungen der Landesordnung und der außer ihr erlassenen fürstlichen Verordnungen gemacht, Erläuterungen, Verbesserungen und Zusätze beigegeben und Alles „in ein Libell gebracht" dem Herzog zur Veröffentlichung durch den Druck empfohlen. Mehrere Jahre vergingen, ohne daß sein Wunsch ausgeführt wurde. Endlich stellte der Landtag von 1540 eine neue Kirchenordnung, „die Artikel von Erwählung und

Unterhaltung der Pfarrer, Kirchenvisitationen und was dem Allen zugehörig" auf[22]). Der Entwurf war von Sperat gemacht mit Benutzung seiner frühern Arbeit.

Der erste Artikel handelt von der Erwählung der Prediger, wobei leidige Erfahrungen Zusätze zu den Bestimmungen von 1526 nöthig machten. So wird festgesetzt: „So ein Lehnherr mit Bestellung eines Pfarrers nachlässig säumig sei und die Pfarrkinder über gebührliche Zeit damit verziehen würde, alsdann sollen die Pfarrkinder um einen Andern umzusehen und denselben für die Hand zu schaffen Macht haben; doch gleichwohl solches dem Lehnherrn anzeigen." Häufig sei es geschehen, daß Pfarrer ohne Vorwissen, genugsame Ursachen und Bewilligung eines ganzen Kirchspiels geurlaubt und hinweggejagt worden seien; in Zukunft dürfe kein Pfarrer ohne Erkenntniß entsetzt werden. „Und sollen sich aber die Pfarrer, so Andere lehren und unterweisen, nicht selbst dermaßen halten, daß sie billig Ungunst möchten erlangen; dergleichen auch in ihren Widmen weder Bier noch Methe schenken, viel weniger sollen sie sich leichtlich in Säuferei, Zank und Hader mit ihren Pfarrkindern, allermeist mit der Herrschaft und Obrigkeit desselbigen Orts begeben, nicht widerschelten oder Arges mit Argem vergleichen, auch nicht aufpochen und unersucht die Herrn Bischöfe mit nichten Urlaub nehmen; dann es will sich je also gebühren und nicht anders schicken; wo dann ein Pfarrer solches vergessen und auch würde übertreten, daß er auch ungestraft nicht soll bleiben. Daneben solle ein jeder Pfarrer in seinem Predigen sich vor allem, dadurch der einfältige gemeine Mann mehr zu argem Nachdenken und Ungehorsam denn Gutem und Unterthänigkeit gereizt, auch die Widerwärtigen des Worts mit unbesserlichen ärgerlichen groben Fluch- und Scheltworten allzuhoch und ohne Maßen anzutasten enthalten, sondern dem armen einfältigen Volk das vortragen, so zu rechtem Erkenntniß und Ehre Jesu Christi, auch ihrer Seelen Seligkeit dienstlich, zudem vor alle die bitten, welche der Allmächtige mit seinem heilsamen Wort noch nicht erleuchtet, durch seinen heiligen Geist zur wahren Erkenntniß leiten und führen wolle." Stirbt ein Pfarrer, ohne Weib und Kinder oder angeborene Erben zu hinterlassen, soll seine Hinterlassenschaft der Kirche, der er gedient, und der Armuth in gemeinem Kasten bleiben. — Im zweiten Artikel „von Unterhaltung der Pfarrer" wird darüber geklagt, daß viele Pfarrer nicht zu ihrer Besoldung kommen können, insbesondere daß es sich befunden, „daß die Kaplan, Schulmeister, Tolcken und Glöckner mehr denn an einem Ort den Pfarrern zuwider, auch die Pfarrkinder einem Pfarrer ungünstig machen," und gegen diese Mißstände mit harten Strafen einzuschreiten befohlen. — Der dritte Artikel „vom Kirchgang" schärft noch nachdrücklicher als früher fleißigen Besuch der Kirche ein: „ein jeglicher Hausvater soll seine Kinder und Gesinde mit allem Fleiß nach dem Essen zu der Predigt zu gehen anhalten. So sollen auch die Obrigkeiten, Amtleute, Schultis und Schulmeister nicht ohne Ursach oder verächtlich aus der Predigt in den Krug gehen, dadurch das gemeine Volk zu Aergerniß geursacht." — Im vierten Artikel „von der Visitation" wird angeordnet: „Nachdem christliche Ordnungen sowohl von Pfarrern als Pfarrkindern ohne Aufseher nicht wohl beständig erhalten werden können, in Anmerkung, daß der Teufel keinem Werk feinder, dann da das Wort Gottes, christliche Ehre und Lehre einträchtig getrieben und gehört, auch wo solche Aufsehung nicht beschieht, alle unchristliche Uebung durch denselben gepflanzet und allerlei Irrthum eingewirket wird, solchem aber zuvorkommen wollen wir neben dem, daß es christlich und nothwendig, daß für allen Dingen die Herren Bischöfe alle Jahr jährlich oder je zum wenigsten über das andere Jahr fleißig visitiren." Bei der Visitation soll auf die Kirchen, Widmen, Kirchengebäude fleißig gesehen, die Pfarrer in der Lehr, die Pfarrkinder im Glauben, Gebet, Sakramenten, Ceremonien und Geschicklichkeit im Christenthum erprobt, es sollen Gebrechen in der Güte verhört und Händel gebührlich entschieden, es soll gestraft, gelernt, unterrichtet werden. Alles Weitere wird der Bescheidenheit der Visitatoren noch anheimgestellt. — Der letzte Artikel handelt von den Herbergen der Visitatoren. Zum Schluß werden ernste Strafen den Uebertretern dieser Artikel gedroht: männiglich soll sehen, wie uns nicht lieb und ganz widrig, so man wider Gottes und unser Gebot, auch gemeine Wohlfahrt frevenlich und muthwillig handelt!

Gerade die Visitationen stießen auf vielfachem Widerwillen und Widerstand des Adels und der bürgerlichen Obrigkeit. In einem Schreiben vom 10. April 1538 zeigt der Bischof dem Marschall an: Bei der Visitation in Soldau, zu der er den Marschall leider vergeblich erwartet, habe er auch den dortigen Bürgermeister und ältesten Kirchenvater nicht auf dem Platz gefunden; er müsse annehmen, sie seien absichtlich verreist, da er seine Ankunft zuvor angezeigt habe. Die Aufträge von der vorigen Visitation, namentlich der Bau einer Kirche, bei Strafe von hundert polnischen Gulden innerhalb Jahresfrist befohlen, habe er unausgeführt gefunden, der Kirchhof sei ohne Einfriedigung, Hunde und Schweine scharrten die Gebeine der verstorbenen Christen auf u. s. w. Der Marschall möge daraus ersehen, wie einem Bischof in Preußen Gehorsam geleistet werde. Da er nun höre, daß der Marschall nächstens nach Soldau kommen werde, so bitte er ihn, die Sache in die Hand zu nehmen. Im März 1542 ließ Speratus ein Umschreiben wegen einer neuen Visitation an alle Obrigkeiten, Pfarrer, Kirchenväter und Gemeinden seines Bisthums ergehen [22]). Damit sich nicht, wie zuvor an vielen Orten geschehen, Unordnungen und Verhinderung schleuniger Entscheidung zutragen, ordne er an, daß sich alle Pfarrkinder, Männer und wo möglich auch Weiber, Kinder und Gesinde in der Kirche des Visitationsortes zu früher Tageszeit einfinden. Die Haupt- und Amtleute, auch die Stadtbehörden und die Pfarrer sollen die Leute, welche bei der Visitation etwas vorzubringen hätten, Ehe- oder sonstige Gewissenssachen, dazu anhalten, mit den nöthigen Beweismitteln versehen zu erscheinen; der entworfene Visitationsplan erleide keine Abänderung, und die nicht gehörig Vorbereiteten müßten ſich's ſelbſt zuſchreiben, wenn ihre Sache entweder ganz unerledigt bleibe oder erſt am nächſten Viſitationsorte vorgenommen werde. Alle öffentlichen Aergerniſſe und Laſter ſollen nach dem Befehl Chriſti Matth. 18, 15 ff. auf der Viſitation angezeigt werden. Todtſchläger, Erdrücker von Kindern, die noch nicht öffentliche Buße gethan, Verächter des göttlichen Worts und der Sacramente, Winkelprediger, Leute, die etlich viel Sonntag nimmer zur Kirchen kommen, in viel Jahren nicht zum Sacrament ſind gegangen, ſollen bei ſchwerer Buße gehalten ſeyn, zu ſonderlicher Verhandlung des Biſchofs mit ihnen auf der Viſitation zu erſcheinen. Am Tage der Viſitation ſoll Gottesdienſt mit Predigt und Communion, wie an gewöhnlichen Sonntagen geſchieht, gehalten werden. Mit der Taufe der in den letzten zwei bis drei Wochen geborenen Kinder, ſofern ſie geſund ſind, wie mit der Abſolution der eben vorhandenen Pönitenten ſoll bis zur Viſitation gewartet werden; die Wehemütter hätten ſich zu ſtellen, damit man ſie fragen könne, wie ſie nothtaufen, ob ſie nicht laſſen wiedertaufen und daß ſie getauft haben verſchweigen, ob ſie bei den Kindern nicht abergläubiſche Weiſe halten, daheim bei der Mutter, oder wenn ſie das Kind zur Taufe bringen. Behufs etwaiger Veränderung in der Einpfarrung einzelner Ortſchaften nach Bequemlichkeit derſelben wird gewünſcht, daß nicht blos die Haupt- und Amtleute des betreffenden Kirchſpiels, ſondern auch die der Nachbarkirchſpiele anweſend ſeien und das Nöthige ſchon vorbereitet haben. Die Kirchenrechnungen ſollen, da das Rechnungsweſen ſelbſt den Biſchof zunächſt nichts angehe, zuvor vollſtändig geordnet und dem Biſchof nur zur Einſicht fertig vorgelegt werden. Ebenſo ſei es mit den Decemregiſtern zu halten; ganz unpaſſend ſei es, wenn der Biſchof, wie bei der letzten Viſitation geſchehen, damit aufgehalten werde, die Einzelnen namentlich aufzurufen, nach ihrer Hubenzahl zu fragen und darnach ihre Decempflichtigkeit zu beſtimmen. Beſchwerden der Pfarrer oder Ausſtellungen der Gemeinde an Lehre und Wandel der Pfarrer ſollten ſchriftlich überreicht werden.

Die alſo ausgeſchriebene Viſitation konnte erſt zu Ausgang des Jahres 1542 gehalten werden, weil Speratus in der Zwiſchenzeit ſchwer erkrankt war. Anfangs Novembers ſchreibt er dem Herzog, er ſei bisher ſchwach geweſen und habe viel Arbeit nachzuholen, und der Herzog antwortete ihm: „Hochwürdiger in Gott Vater, freundlicher, vielgeliebter Herr Gevatter. Ich bin hocherfreut, zu erfahren, daß Gott der Herr eure Schwachheit in Geſundheit verwendete, damit ihr uns Schäflein eine lange Zeit zu ſeinem Lob und Ehr mit ſeinem Wort ſpeiſen, dienen und ſein göttlich Ehr und Heiligung ſeines herrlichen Namens erbreitern mögt, dazu ich euch von Gott Geſundheit und alle Wohlfahrt wünſch und bitt, wollt mich doch wiſſen laſſen, wie es euch geht." Der Herzog wollte in eigner Perſon der Viſitation anwohnen und zeigt dieſes ſämmtlichen Aemtern an. Auch Luthern und Melanchthon ſetzte der fromme Fürſt von ſeinem Vorhaben am 15. December in Kenntniß: „Unſer Herz iſt ohne

Ruhm dahin geneigt, daß wir, sofern es des lieben Gottes Wille, gern vor unserem Abschiede von diesem elenden Jammerthal die Diener des göttlichen Worts und Kirchen in unserem Fürstenthum genugsam versorgt sehen wollten. Derhalben sind wir bedacht, uns dieser Tag aus unserem Hoflager im Namen Gottes zu erheben und mit unseren Herren Prälaten die Visitation anzufangen." Beide Bischöfe begleiteten den Herzog durch die Kirchspiele des Landes. Die Visitation begann am 17. December und dauerte bis in die Mitte Februars. Die Reise ward Sperat recht sauer: nicht blos war er selbst nur „halblebendig", sondern er mußte auch seine Frau am viertägigen Fieber todtkrank zurücklassen; er schreibt an M. Andreas Aurifaber nach Wittenberg: „Alles muß um Christi willen verlassen werden, auch Frau und Kinder. Auch ist der Obrigkeit Gehorsam zu leisten, zumal wenn sie Gerechtes und Frommes fordert, wie in diesem Fall unser Fürst, der schon längst eine Kircheninspection in eigner Person beabsichtigte und will, daß wir beide Bischöfe ihn überallhin begleiten; in seinem Vorhaben wurde er bis jetzt aufgehalten, aber er hofft, daß ihn jetzt nichts mehr hemmen soll, was Gott helfe. Amen. So habe ich keinen Entschuldigungsgrund, und ich muß dem frommen Fürsten gehorchen, indem ich mich und all das Meinige Gott befehle." Die Kirchenvisitation legte große Schäden der Kirche und der sittlichen Zustände der Gemeinden bloß. Wir sehen dieß aus dem Generalbescheid, welcher unter des Herzogs Namen noch vor vollendetem Umzug qm 1. Febr. 1543 unter dem Titel ausging: „Fürstlicher Durchleuchtigkeit zu Preußen Befehl, in welchem das Volk zu Gottesfurcht, Kirchgang, Empfahung der heiligen Sacramente u. A. vermahnt werden"[21]. Es wird darin besonders darüber Klage geführt, daß fast durchaus sowohl in Städten als auf dem Lande die Leute in den Glaubensartikeln gar wenig berichtet, weil sie gar selten, ja zum Theil gar nicht zur Kirche kommen. Es sollen darum die Pfarrer das Volk zum Kirchengehen und Abhören des heiligen Worts mit hohem treuem Fleiß bitten, ermahnen und ursachen, daneben anzuhängen nicht unterlassen, wie grausamlich Gott die Verächter seines Worts zu strafen pflege. Aus einem jeglichen Haus solle entweder der Wirth oder die Wirthin sammt den Kindern und Hausgesinde, so viel deß vom Hause zu entbehren und das Wort Gottes Alters halber begreifen können, alle Sonntage und hohe Feste gegen Kirchen gehen, reiten oder fahren und das Amt mitsammt der Predigt abwarten, sich auch davon kein Wetter oder Ursachen, dann Ehehaffte Noth, die zu erweisen, abhalten lassen. Da aber einer von den Haupt- und Amtsleuten, auch Befehlshabern, nicht minder der Herrschaft, Ritterschaft und Adel hierin säumig, so soll er das erste Mal eine Buße eines Vierdungs (etwa 10 Sgr.), das zweitemal das Doppelte, das dritte Mal das Vierfache bezahlen; würden alle diese Strafen nicht fruchten, so werden harte Leibesstrafen gedroht. Wenn aber ein Bürger, Bauer oder andere gemeine Einsaßen am Kirchgang lässig sein würden, so solle der Verbrechende erstmals einen Groschen der Kirchen zu gut erlegen, dann zwei, endlich fünf Groschen, und besserte er sich noch immer nicht, so solle er auf dem Kirchhof oder in die Kirche mit einem Halseisen gesetzt und mit harten Leibesstrafen gezüchtigt werden. Zur Ueberwachung soll in jeder Kirche eine Bank zugerichtet werden an dem Ort, da man fast die ganze Kirche sehen kann, auf derselben Bank solle aus einem jeglichen Dorfe Einer sitzen, der solle auf alle seine Nachbarn und Nachbarinnen gute Acht geben, ob sie gegen Kirchen kommen oder nicht, und wo jemand außen bliebe, da solle alsbald die Person, welche zum Aufsehen geordnet, so bei der Kirchen ein Hauptmann, Kämmerer oder Schreiber, oder dem Edelmann angezeigt werden, die darnach denselben Mann oder Frauen vor sich zu bescheiden, nach den Ursachen zu fragen und wenn diese nicht stichhaltig, zu strafen haben. Auf daß aber die Armuth desto besser in Gottes Wort unterwiesen werde, soll ein jeder Pfarrer die Epistolas und Evangelia de tempore, so auf einen jeden Sonntag und hohe Feste gefallen und von der Kirche eingesetzt, von dem Altar erstlich inhalts des bloßen Textes ordentlich und deutlich vorlesen und darnach das gemelte Evangelium, zum längsten eine halbe Stunde, aufs kürzeste, einfältigste und ganz summarie, sonderlichen was ein Stück zwei zum nöthigsten darin sein mag, wie solches Dr. Martin Luther, Urbanus Rhegius, Antonius Corvinus und Andere in ihren Postillen trefflich weisen thun, vortragen, unterweisen und lernen, die andere halbe Stunde soll er mit Erzählung der hohen Gebote, heiligen Glaubens und Vater Unsers, desgleichen Worten der Sacramenten, der Tauf und Altars zubringen, wann auch was Zeit übrig, ein Stück nach dem andern von Sonntag zu Sonntag auslegen und das Volk darin unterrichten, auch wo er von zehn Geboten, Glauben, Gebet und Sacramenten (welches der Katechismus genannt wird) vollendet hat, soll er solches alles wiederum anfahen und immer fort und fort ohne Unterlaß weiter und weiter erklären, treiben und üben. Ueber Gebet und Katechismus soll jede Woche einmal in den einzelnen Ortschaften, so daß jede innerhalb fünf bis sechs Wochen, spätestens alle Vierteljahre an die Reihe komme, mit jeder einzelnen Person ein Examen vom Pfarrer angestellt werden. Ohne Kenntniß des Katechismus soll Niemand zum Sacrament des Altars oder zum Pathenstand zugelassen werden. Es wird auch nicht für ungerathen befunden, daß in den Pfarrkirchen, sonderlich die etwas groß und bei den Städten, der Pfarrer einen Tag, zwei, mehr oder weniger, in der Woche erwähle, in welchen Tagen er nichts anders denn den bloßen Catechismum auf das einfältigste und schlechteste den armen Einfältigen ungefährlich ein Viertheil oder halbe Stunde vortrage. Die Pfarrer sollen in allen Kirchen die Ceremonien mit Pflegung des Amts gleich halten, wie solche Ordnungen vergangener Jahre im Druck ausgangen; so jemand die übertrete, solle er ohne Gnaden gestraft werden. Kein Pfarrer soll Predigt thun, taufen oder Sacramente reichen, er habe denn zum wenigsten einen weißen Chorrock an, damit dennoch hierin auch äußerlich ein weltlicher Unterschied zwischen dem Diener des Worts, wenn er in seinem Amt ist, und einem Andern, der nicht dazu berufen, zu sehen. Wo in den Städten die Pfarrkinder etwa des Sonntags Metten, des Abends Vesper begehren würden, solle der Pfarrer die Metten und Vesper des Sonntags und anderen hohen Festen zu halten schuldig sein und in denselben eine kurze Vermahnung oder Lection thun für das Gesinde; wo aber die Stadt recht volkreich, wäre nicht unnütz, auch alle Tage Vesper oder Metten zu halten, christliche Psalmen zu singen und den bloßen Text der Biblien zu lesen oder Catechismum vorzutragen, wie dann ein jeglicher treuer Seelsorger dem allem mit Rath seines Lehenherrns und Kirchenväter gute Maß zu halten und zu geben wissen werde.

Offenbar war es zumeist Speratus, welcher seinem Herzog diesen Generalbescheid inspirirte. Schon früher hatte der Bischof wegen der großen Rohheit und Verwilderung des Volks die Anwendung äußerer Zuchtmittel empfohlen, um dasselbe zum Kirchenbesuch anzuhalten. Ausdrücklich erklärt er, daß er zwar nicht wähne, daß die Gottlosen durch Zwang zum Glauben zu bringen seien, aber die Obrigkeit dürfe das Volk nicht also nach seinem Willen hingehen lassen, sondern sei schuldig „mit Güte oder Ungüte" es zu dem, was Mittel zur Seligkeit ist, zu treiben, damit es keine Entschuldigung habe, besonders weil die Prediger solche Gewalt nicht hätten.

Kaum war die Kirchenvisitation vollendet, als auch die Vorbereitungen zu einer neuen Kirchenordnung eingeleitet wurden. Zwar war Sperat während des ganzen Jahres 1534 durch Krankheit verhindert, sich unmittelbar an diesem Werk zu betheiligen; aber sobald er sich wieder arbeitsfähig fühlt, meldet er sich zu Anfang des Jahrs 1544 bei dem Herzog zur Theilnahme. Einen besonderen Werth hätte er darauf gelegt, daß die Ordnung die Elevation beim Abendmahl beibehalten hätte. Zwar gab er zu, daß wenn im Land keine Aufhebung im Brauch wäre, so daß sie erst als Neuerung eingeführt werden müßte, er gern davon abstehen würde, aber den Schwärmern zu Gefallen in solchem Handel etwas zu ändern, sei nicht gut: Ob man denn diese Sacramentschänder mit Abthuung der Aufhebung stärken und alle Andern ärgern wolle? „Daß sie fürgeben, man treibe Abgötterei dabei, ist nichts, denn wir lehren nicht also; oder so es ja etwas fehlet, wir können solches den Leuten durch guten Bericht hundertmal leichter abziehen, denn diese Schwärmer durch Gottes Wort einmal zum Grund der Wahrheit führen." Der Herzog entgegnete, daß sein Vorschlag nicht aus Rücksicht auf die Schwärmer herrühre, aber das Wort Gottes wisse nichts vom Umtragen und Aufheben, darum solle es abgethan werden. Durch die Elevation würde dem papistischen Teufel viel zu viel eingeräumt und der Götzendienst je länger je härter wieder einreißen, da es viele Einfältige gebe, die noch im Umtragen und Einsperren meinen, das Wort bleibe im Brod und werde bleiben, so lang die Messe währet, warum nicht auch für und für, als wohl ein ganzes Jahr stünde. Auf Begehren seines Fürsten holte nun Sperat Luthers Gutachten hierüber ein. Dieser antwortete, sie hätten in Wittenberg die Elevation abgethan, denn man dürfe sich Ceremonien nicht über das Haupt wachsen lassen, als wenn sie Glaubensartikel wären; würde die Elevation je wieder nöthig, um einer Ketzerei zu begegnen, so könnte sie restituirt werden. Auf einen gleichlautenden Rath Melanchthons hin blieb die Elevation in der am 2. Juni 1544 ausgegebenen neuen Kirchenordnung weg. Weil Sperat durch Krankheit verhindert war, sich an der Redaction derselben persönlich zu betheiligen, wurde ihm der Entwurf am 3. Januar 1544 zur Begutachtung zugeschickt. Speratus hatte wohl wenig daran auszusetzen, da außer dem Ritus bei der Spendung des Abendmahls und einer erneuerten Beschränkung des Gebrauchs der lateinischen Sprache im Gottesdienst keine bedeutenden Abweichungen von der Ordnung des Jahrs 1525 darin enthalten waren. Er beantragte nur, mit der deutschen Ausgabe gleichzeitig auch eine polnische erscheinen zu lassen. Die Veröffentlichung dieser Ordnung erfolgte durch ein fürstliches Mandat am 2. Juni. Hiemit hatte Sperats Mitwirkung zur Grundlegung einer Kirchenverfassung im Herzogthum Preußen ihr Ende erreicht. Hatte er sich auch in dieser ganzen Arbeit der sächsischen, besonders der Wittenbergischen Kirchenordnung angeschlossen, so hatte er doch mit großer Umsicht den besonderen Verhältnissen des preußischen Landes und Volkes Rechnung getragen und mit diesem Werk einen Samen ausgestreut, dessen Früchte erst seinen Grabhügel gleich vollen Aehren beschatteten und ihm nachfolgten in die Ewigkeit.

7.
Des Bischofs Antheil an der Lehrentwicklung der preußischen Kirche.

Speratus war sich seiner Aufgabe als Bischof klar bewußt, praktisches Christenthum zu pflanzen, dem evangelischen Glauben im Leben des Volks, in seinen geselligen, kirchlichen und staatlichen Beziehungen Gestalt und Ausdruck zu geben. Glaubenslehre und Glaubensleben standen ihm im innigsten Wechselverkehr: er wollte gesunde Lehre, um ein gesundes Leben zu gründen. Die Schwerkraft seines Wirkens liegt nicht in der Theorie, sondern in der Praxis. Und Anlaß zum Handeln fand er mehr als genug in einem Lande, in welchem nicht nur die tiefste Unwissenheit herrschte, sondern in welchem eben darum auch dem Sektengeist Thür und Riegel geöffnet zu sein schienen. Als Wächter sehen wir den Bischof auf der Zinne seiner Kirche stehen, um sie namentlich vor dem Gift der Wiedertäufer zu bewahren. Schon vor seiner Erhebung auf den Bischofsstuhl hatten die Schwärmer im Herzogthum Einlaß gesucht. Im Jahre 1525 war der aufgeblasene Martin Cellarius in Königsberg erschienen, voll von der

Hoffnung auf die baldige Errichtung des neuen Jerusalems. Sperat schreibt an Luther (11. Juni), es sei nöthig, den Geist dieses Mannes zu prüfen, denn er scheine an Münzers und Carlstadts Wesen Theil zu haben, man halte ihn bei Hofe fest, damit er nicht etwa in der Stadt umherschweife und giftigen Samen ausstreue. Wirklich mußte Cellarius unverrichteter Dinge bald wieder abziehen; um so schneller und zahlreicher stellten sich andre Schwärmer ein. Als Briesmann an Michaelis 1527 von Königsberg schied, fand er es nöthig, seine alte Gemeinde wiederholt auf's Dringendste zu ermahnen, sich zu hüten „für falschen Propheten, ob irgends einer herkäme, sonderlich des Sacraments und der Tauf halben," indem der eifrige Seelsorger hinzusetzte, er wollte, wo es Noth wäre, ob er gleich hundert Meilen von hinnen wäre, zu Fuße herlaufen und solchem Irrthum helfen wehren Im Februar 1528 klagte Sperat seinem obengenannten Freund bitter über die kirchlichen Zustände des Herzogthums; Satan sei mit einer wahren Lust geschäftig, ihnen die gefährlichsten Feindschaften zu erwecken, was ihm leider unter denen gelinge, welche in der Welt nicht von der Welt seyn wollten, sondern sich rühmten zum Evangelium zu stehen und das Reich des Pabstes verlassen zu haben. Wie Viele, ruft er aus, sind unter uns, die keiner Secte angehören! Er nennt die Wiedertäufer Feuerbrände, welche den Schafstall bedrohen. Sie suchten sich von zwei Seiten in Preußen einzuschleichen: nämlich von Schlesien, namentlich von Liegnitz, und von den Niederlanden her, und Sperats Sprengel war der Hauptplatz ihres Unwesens. Ihre Hauptstütze fanden sie in einem Manne, der beim Herzog großen Einfluß hatte, bei dessen Rath Friedrich von Heydeck, dem Verwalter des Johannisburger Kreises. Seinen Einflüsterungen gelang es wiederholt, den Herzog selbst die Sache der Schwärmer in einem vortheilhafteren Lichte ansehen zu lassen. Heydeck hatte den früheren Liegnitzer Prediger Fabian Eckel, einen eifrigen Sendboten Schwenckfelds, und den früheren Danziger Prediger Petrus Zenker, der nach dem Danziger Aufstand nach Schlesien geflüchtet war, von Breslau aus nach seinem an tüchtigen Predigern sehr armen Bezirk berufen, und beiden folgten später andere Gleichgesinnte, welche mehrere einheimische Geistliche verführten. Da sie ihren geistlichen Hochmuth mit einer einschmeichelnden Bescheidenheit verdeckten und alle Künste weltlicher Beredtsamkeit in Bewegung setzten, um Propaganda zu machen, breiteten sie sich schnell aus wie das Unkraut, das nicht verdirbt. Sperat sagt, es sei nicht zu verwundern, daß sie in einer Predigt mehr eroberten, als die rechtgläubigen Lehrer in zehn. Auf's Eindringlichste machte er seinen Fürsten auf die von ihnen drohende Gefahr aufmerksam; diese sei viel größer als alles, was von den Papisten und von dem Kaiser zu fürchten sei: „Ich besorg, E. F. G. räumen ihnen zu viel ein. Principiis obsta, spricht der Poet. Dem möcht man folgen, wollt man nicht zuletzt die Reu davon bringen. Mir liegt zwar nichts daran, ob das Land voll Schwärmer wird:

hoffe, Gott soll mich dennoch erhalten. Es ist um unsere Schäflein zu thun, für die sollten wir rathen und fleißig wachen. Nu kommens daher, currunt, quo non mittuntur, welches gar ein böses Zeichen ist. Warum bleiben sie nicht bei den Ihren und lassen uns die Unseren? Dazu spenden sie giftige Büchlein aus, nehmen sich vorerst um die Pfarrer an, vermeinen also einen Einbruch zu machen. Ich sprech: Wer hat euch Boten geschickt, könnt ihr viel, beweisets daheim. Wollt ihr disputiren und euer Lehr erhalten, warum spendet ihr Büchlein aus, als hättet ihr schon bei uns erhalten, ihr bringt euch selbst ein, Diebe und Räuber. Wohlan, ich will zusehen, wo es hinauslaufen will, sie sollen, ob Gott will, mir nicht schaden. Werden sie sich dann fernerhin um mich annehmen, so hoff ich und getrau zu meinem Gott, ich will ihnen Manns genug sein. Solche Leut aber zu bekehren, darum nehme sich der Teufel an. Man greift, daß sie verstockt sind und wohl bleiben werden, haben ihnen stracks fürgesetzt, ihr Gift in die Unseren zu stoßen, mit was Tücken und Betrug sie mögen, sonst würden sie des Berufs warten." Als Mittel, seine Geistlichen vor der Verführung dieser schleichenden Irrlehrer zu warnen, bot sich dem Bischof zunächst die Einberufung von Synoden. Eine solche hielt er im Juni 1531 zu Rastenburg und lud dazu sämmtliche Geistliche des Johannisburger Bezirks ein. An Zenker und Consorten ließ er die Aufforderung ergehen, sich noch vor der Synode über die vier Fragen zu erklären: 1. ob sie glauben, daß das äußere gepredigte Wort Gottes Wort sei, 2. ob sie glauben, daß Brod und Wein im Abendmahl Leib und Blut des Herrn seien, 3. ob die Erbsünde für wirkliche Sünde oder nur für einen Defect zu halten, 4. ob Kinder durch das Bad der Wiedergeburt zu taufen, und welches sein Gebrauch sei? Zenker übergab eine schriftliche Antwort darauf, welche zwar sehr gemäßigt und versöhnlich lautete, aber auch seine Abhängigkeit von Schwenckfeld deutlich verrieth[25]). Sie wurde vor der Synode verlesen, und da er sich auf eine Disputation nicht einlassen wollte, ward ihm auf seine Bitte von Sperat eine zweimonatliche Bedenkzeit anberaumt, nach deren Ablauf er sich bestimmt erklären wolle. Noch ehe aber dieser Termin verstrichen, trat Zenker mit einem deutsch geschriebenen und auf den gemeinen Mann berechneten Libell hervor und überschickte es dem Herzog. Es war eine nicht von ihm verfaßte, sondern von Michael Cellarius schon früher geschriebene Schrift über das Abendmahl. Sperat deckte die rechte Autorschaft auf und schrieb eine Widerlegung unter dem Titel: „Von dem Sakramente, eine Antwort auf Michael Keller's Büchlein von lauter Brod und Wein, wider Peter Zenker, der dasselbe Büchlein sein Bekenntniß nennt, durch P. Sp., Bischof ꝛc. Geschrieben und vollendet den 16. August 1531." Es folgte Ende 1531 das Colloqium zu Rastenburg, welches Sperat, unterstützt von Poliander und Briesmann in Gegenwart des Herzogs abhielt, Zenker war ein stummer Zeuge dabei, als Vertreter der Schwärmer trat Eckel auf. Dieser suchte die Schwenckfeld'sche Erklärung der Einſetzungsworte zu vertheidigen. Sperat trat dieſer willkürlichen Schriftexegeſe ſehr ernſt entgegen: der hl. Geiſt ſei auch zur Schule gegangen und habe gelernt, wie er reden und ſchreiben ſolle, er habe die göttliche Wahrheit in die Grammatik eingewindelt, mit dieſer dürfe man nicht ſo ſpielen, daß ein jedes Wort heißen und gelten müſſe, wie Jedem gutdünke. Am zweiten Tag wurde über das äußerliche gepredigte Wort verhandelt, ob es auch Gottes Wort heiß und ſei oder nicht? Eckel ſuchte auf jede Weiſe einer klaren Antwort auszuweichen, ſo daß Sperat unwillig ausrief: „Ich merk' wohl, es fehlet uns hie nichts, denn daß ein Theil den anderen nicht verſtehen will." „Warum, fragt er, geliebet Euch nicht, mit der Schrift zu reden und ſagen: das äußerlich gepredigt mündlich Wort iſt auch Gottes Wort. Wir ſollen je nicht klüger ſeyn als der hl. Geiſt, der ſchämet ſich nicht alſo zu reden, und das er redt, alſo beſchreiben laſſen. Ich ſorg, der Satan hab im Sinn, uns das Wort zu nehmen oder gar zu nichten machen, wie er auch an anderen äußerlichen Sachen als an den ſacramentlichen Zeichen hat angefangen und bei vielen ſeiner Luſt ſchon gebüſſet, daß man nichts darauf hält. Gott woll ihm ferner wehren. Nun geſchieht je damit, daß wir das äußerlich Wort auch Gottes Wort heißen, Gott kein Unehr, wir laſſen ihm ſein ewiges göttlich Wort damit zu Frieden, wiſſen wohl, daß daſſelbig ein ander Wort iſt, ja das Wort, das Fleiſch iſt worden, davon das mündlich Wort Gottes zeuget und lehret, daß wir daran glauben und alſo Kinder Gottes werden. Wir laſſen auch daneben bleiben das innerlich Wort Gottes, dadurch Gott, wenn das äußerlich mündlich Wort gepredigt wird, oder ſonſt, wo er will, in die Herzen der Menſchen redet, daß ſie dem äußerlich gepredigten Wort glauben. So könnt ich fürwahr nicht wiſſen, warum Ihr mit uns nicht dieſes Stücks halben wollet einträchtig ſeyn, es wäre denn, daß Euch ſonſt nicht gebühret zu reden wie ander Leut. Dabei laß ich's bleiben." Das Colloquium führte zu keinem Reſultat; Luther hatte wohl Recht, wenn er dem Herzog Albrecht die Ausweiſung dieſer Rottenprieſter anrathend, (1532) ſchreibt: „Da iſt kein Ende des Disputirens und Plauderns, ſie laſſen ihnen nicht ſagen." Wirklich ward auf dieſen Rath hin den fremden Sectenhäuptern das Land verboten. Gleichwohl wucherte das Unkraut fort. Unter den Pfarrern des eigenen Lands waren nicht wenige von dem Gift der neuen Geheimlehre angeſteckt, ſo ein Georg Landmeſſer in Bialla, der bisher dem Sperat ſehr befreundet war und in Folge des biſchöflichen Umſchreibens zur Raſtenburger Synode ſein Pfarramt niederlegte. Sperat ſchrieb ihm eine eben ſo eingängliche als herzliche Ermahnung. In Betreff ſeiner Bedenken über den Predigerberuf ſchreibt er ihm: „ich ließ mich dünken, es liege vielmehr am gewiſſen Wort Gottes, denn an Gewiſſenſchaft unſers Berufes. Denn aus dem gewiſſen Wort Gottes kommt unſers Berufs Gewiſſenſchaft; nicht unſers Berufs Gewiſſenſchaft macht uns Gottes Wort gewiß, ſondern das gewiſſe Gotteswort bringt uns unſers Berufs Gewiſſenſchaft. Warum gaffen wir denn auf Menschen? Hin sollen wir zum Bornen laufen, daraus sie geschöpft haben." Gegen den Vorwurf des Verdammens der Gegner erklärt er: "Dazu sag ich für mein Hofrecht, es wird mich Niemand bereden, daß ich den Teufel nicht schwarz heiß, er brennet sich selber allzu weiß, was dürfen wir ihn denn aufmutzen? Es ist bisher lange genug durch die Finger gesehen." Besondere Mühe machte dem Bischof der Neidenburger Pfarrer Jakob Knoth. Ihm hatte Sperat nach langer Geduld bei der Visitation Amtsentsetzung angekündigt, falls er nach Ablauf einer vierwöchigen Bedenkzeit auf seinen Träumen beharrte, da er ihm nicht länger zusehen könne, daß er seine, ja Gottes und Christi Schäflein verführe. Am 2. Nov. 1534 antwortete Knoth: "Ich will nicht verbergen, daß ich noch streng an meiner Meinung halte. Welche von beiden aber die wahre ist, mag unterdessen Gott anheimgestellt bleiben." Der Bischof entsetzte jetzt den Irrlehrer seines Amtes, "so lange bis er der Sache gewiß würde", und schrieb an den Neidenburger Rath u. A: "Dies Eine malet sein Gewissen besser, denn kein Maler thun könnte. Was ist das für ein Gewissen, das nicht weiß! Weil denn sein Gewissen so irrig ist, daß er selber nicht weiß, was er glauben, viel weniger was er auch lehren soll, so hütet euch durch Gottes Willen für ihm als für dem Teufel selber, der in der Wahrheit nie gestanden ist. Ein Lehrer soll seiner Lehre gewiß sein, daß sie vor Gott gut und recht sei, ein Bub aber fragt nichts darnach; und einen solchen soll man nicht leiden. Gott sei Lob und Preis, der seiner Sacramente Schänder so fein zu Schanden macht, daß sie selber so frei ihre Ungewißheit nicht allein fühlen, sondern auch mit Mund und Feder offenbar herausbekennen müssen."

Speratus war unermüdlich, die Schwärmer, wenn es nur anging, mit geistigen Waffen zu überwinden. Da auch der Herzog zu nachsichtig gegen dieselben war, so bedurfte es zugleich einer einflußreichen Einwirkung auf ihn, wozu sich Sperat die Hülfe der Wittenberger, Luthers, Melanchthons und des J. Jonas erbot. Anderntheils wurde die wiedertäuferische Bewegung verstärkt durch die einwandernden Holländer, welche durch blutige Verfolgungen aus ihrem Vaterlande vertrieben sich in der Gegend von Preußisch-Holland niedergelassen hatten. Gegen sie schrieb Sperat 1534 seine Schrift: "Ad Batavos vagantes." In allen diesen Kämpfen vertrat der Bischof streng den Lutherischen Standpunkt und trug mehr als irgend ein Anderer dazu bei, den lutherischen Typus in Kirchenverfassung und Lehre der preußischen Kirche aufzuprägen.

So entschieden die Opposition war, mit welcher Speratus dem Sectenwesen in seinem Bischofssprengel entgegentrat, so mild und herzlich ist die Fürsprache, welche er gegen das Ende seines Lebens seinen alten böhmischen Freunden angedeihen ließ. In Folge des Schmalkaldischen Kriegs war über die böhmischen Brüder eine schwere Verfolgung ausgebrochen, ein Theil derselben suchte eine Zuflucht in Preußen und erbot sich im Jahr 1548 vom

Herzog Albrecht die Erlaubniß zur Ansiedlung in seinem Lande. Es gelang dem Speratus, das Mißtrauen, welches die Königsberger Theologen in Betreff der Rechtgläubigkeit der Brüder dem Herzog beigebracht hatten, zu heben, ein am 27. und 28. December 1548 angestelltes Colloquium oder Examen erwies die Uebereinstimmung ihrer Lehre mit der des Augsburger Bekenntnisses, und Speratus, in dessen Diöcese den Brüdern ihre Wohnorte angewiesen wurden, nahm sie am 13. Januar 1549 im Dom zu Marienwerder feierlich als Angehörige seines Bisthums auf, indem er dabei ihrem Glauben und frommen Wandel ein rühmliches Zeugniß ausstellte. Auch entwarf er das aus 20 Artikeln bestehende Statut, durch welches ihre Verhältnisse geregelt wurden. Mit großem Wohlwollen erzeigte er sich den Brüdern und sorgte durch Stipendien dafür, daß ihre wissenschaftliche Bildung gehoben würde.

Daß Sperat sich an der im Jahr 1544 erfolgten Gründung der Königsberger Universität direct betheiligt hätte, wird uns nicht gesagt. Sicher freute er, dem die Beschaffung tüchtiger Pfarrer für seine Diöcese so viel Mühe und Sorge machte, sich hoch über diese Stiftung, welche den kirchlichen Bedürfnissen des Landes entgegenkommen sollte. In dem Streit zwischen Gnapheus und Staphylus ward Speratus als Schiedsrichter bestellt. Dagegen sollte er sich nicht mehr direct an dem das Herzogthum durchwühlenden unseligen osiandrischen Streit betheiligen. Der schon zum Tod kranke Bischof Polenz übergab zwar an Speratus ein von Matthias Lauterwald ihm übersandtes Schreiben, worin mehrere Sätze Osianders als ketzerisch aufgeführt werden, mit der Bitte, an seiner Statt diese Angelegenheit zu erledigen. Speratus aber, dessen eigene Kraft gebrochen und durch Arbeiten im eigenen Sprengel mehr als genug in Anspruch genommen war, scheint sich in diesen Handel nicht weiter eingelassen zu haben. Vor dem Unglück, welches im Gefolge dieses Streites über das Herzogthum hereinbrach, wurde der müde Streiter des Herrn weggerafft.

8.
Der Lebensabend.

Speratus, klein von Person und von schwächlichem Körperbau, war unter der schweren Last seiner Amtsgeschäfte frühe gealtert; im Jahr 1540 hatte er zur Herstellung seiner leidenden Gesundheit eine Reise nach Deutschland angetreten, von welcher er zu Anfang des Jahres 1541 zurückkehrte; aber von 1542 an ist er fast ununterbrochen von Krankheit heimgesucht und mehrentheils in Haus oder gar Bett gesprochen. Doch nimmt er, wie wir gesehen, noch immer lebhaftes Interesse an allen Kirchenfragen, welche das

Herzogthum und seine Diöcese insbesondere betreffen. Er blieb am längsten von allen Genossen, welche das Reformationswerk in Preußen betrieben hatten, in Thätigkeit; Poliander durfte schon 1541, Briesmann 1549, Polenz 1550 zur Ruhe eingehen. Sperat fand in seinen kranken Tagen treue Pflege von seiner Gattin Anna, mit welcher er schon in Würzburg verheirathet gewesen zu sein scheint, und welcher er noch in seinem Testament das Zeugniß ausstellt, daß sie, was er an zeitlichen Gütern hinterlassen, „durch Gottes gnädigen Segen aus rauher Wurzel und mit ihrer schweren harten Mühe und Arbeit erworben habe." Die Ehe scheint eine sehr glückliche und innige gewesen zu sein. Als Speratus mit seiner Frau im Jahr 1529 an der Schweißkrankheit darniederlag, schrieb er an einen Freund: „Meines Lebens wollt ich nicht achten; aber muß ich der Kinder wegen nicht zur Zeit mein Leben noch wünschen? Doch ob ich lebe — traurig ists ohne die Genossin, mit der ich so viele Jahre gelebt habe. Laß sie sterben, so wäre auch ich ganz elend, mag ich allein bleiben oder zu neuer Ehe mich entschließen. Ich bin alt geworden und hätte Kinder, die der Mutter entbehrten." Seine Frau ward ihm erhalten und sollte ihn überleben. Die Ehe war mit mehreren Kindern gesegnet, von denen drei den Eltern erhalten blieben: ein Sohn, zu Ehren des Herzogs, der ihn aus der Taufe gehoben, Albert genannt, der nach Besuch des Gymnasiums zu Elbing im Jahr 1542 die Universität Wittenberg bezog, um mit Unterstützung des Herzogs die Rechte zu studiren, seit 1548 in Diensten des Herzogs von Mecklenburg war und später nach Preußen zurückkehrte, um die väterlichen Güter zu bewirthschaften, und zwei Töchter, denen der Herzog bei ihrer Verehelichung freigebig Güter verschrieb.

Die äußere Lage Sperats war längere Zeit nicht der Art, daß er der Nahrungssorgen überhoben gewesen wäre. Er klagt einmal, im Jahr 1539, daß er in solcher Armuth nicht länger Bischof sein könne. Bischof Polenz mußte dem Herzog vorstellen, daß mit so schmaler Besoldung der Pomesanische Bischof ein Spott der Leute sei und genöthigt werde, das Land zu verlassen, was dem Evangelio und Gottes Wort zu merklicher Verkleinerung gereichen würde. In gerechtem Unmuth war Sperat schon entschlossen, sein Amt niederzulegen und Preußen, von welchem er für seine harte Arbeit so wenig Dank und Lohn empfing, zu verlassen: da bestimmte ihn der Herzog auf dem Landtag 1540, zu bleiben, indem er seine Bitten durch Schenkung eines Guts erfüllte. Wiederholte Schenkungen dieser Art bewilligte die Munificenz seines Fürsten. Im Jahr 1542 wurde endlich die Unterhaltung der Bischöfe geregelt; der Pomesanische Bischof sollte eine Besoldung von tausend Mark (1333 $\frac{1}{3}$ Thalern) jährlich erhalten, vierteljährlich aus den Aemtern Riesenburg und Marienwerder zu bezahlen; daneben freie Residenz in den Domgebäuden und gewisse Nutzungen, Fischerei, Bau- und Brennholz. So annehmbar diese Besoldung für die damaligen Verhältnisse erscheint, so kehrten doch bei Sperat des Oeftern finanzielle Verlegenheiten wieder. Der Bischof hatte viel Sinn für Eleganz, wie derselbe während seines Hoflebens bei ihm ausgebildet worden war; er baute gern und steckte sich dadurch wiederholt in Schulden, so einfach er sonst in seinen Lebensbedürfnissen war.

Am 12. August 1551 um die Mittagsstunde durfte er allen Sorgen Abschied geben: er starb in Marienwerder, seinem stehenden Wohnsitz im 67. Lebensjahr, nachdem er 27 Jahre der preußischen Kirche gedient und 22 Jahre sein bischöfliches Amt verwaltet hatte. Am Tage darauf wurde seine sterbliche Hülle Mittags zwei Uhr im Dom zu Marienwerder beigesetzt. Der Bischof schrieb an den Hauptmann zu Riesenburg, welcher ihm den Tod des Bischofs gemeldet hatte, am 15. August zurück: „Es ist uns dieser des Bischofs Abschied von diesem Jammerthal mitleidlich zu hören; weil aber der Fall geschehen, muß es dem lieben Gott ergeben sein!"

Ein arbeitsreiches, mühevolles, im Eifer für das Haus des Herrn verzehrtes Leben ward beschlossen. Mit opferfreudiger Treue, unermüdlicher Anstrengung und unsäglicher Geduld hatte Sperat sein Amt verwaltet; mit pünktlicher Gewissenhaftigkeit hatte er immer auf's Neue seine Diöcese bereist, um mit eigenen Augen zu sehen; für seine Geistlichkeit hatte der Bischof ein warmes Herz und sorgte emsig für ihre geistlichen und leiblichen Bedürfnisse. Keine Spur hierarchischen Hochmuths trübt seine Amtsführung; lieber will er das „von Gottes Gnaden" aus seinem bischöflichen Titel weglassen, ehe er dadurch irgend Anstoß gibt. Seinem Herzog, den er den obersten Vormund, ja den Vater und Trost für sich, sein Weib und seine Kinder nennt, ist er auf's Treuste zugethan, und auch der Bischof vergißt nicht die Pflichten, welche der ehemalige Seelsorger des Fürsten hat. Während er aber an Andern arbeitet, versäumt er nicht, auf sich selbst zu achten, daß er nicht verwerflich werde. Wir fühlen dem älteren Mann diese strenge Arbeit an sich selbst an, wie sein von Natur aufbrausender Sinn sich mildert, seine derbe Natur sich veredelt, seine schwäbische Gutherzigkeit sich in christliche Erbarmung, Sanftmuth und Demuth verklärt. Er klagt nicht über die Schule, in welche sein Herr ihn mit zehnjähriger Gebundenheit durch Krankheit nimmt, und arbeitet, so lange es Tag für ihn ist. Auch in wissenschaftlicher Ausbildung schließt er nicht ab, immer tiefer in die lutherischen Schriften sich versenkend und daneben die heiligen Schriften in den Ursprachen studirend. Der Kern und Stern seines Lebens ist das Evangelium von der freien Gnade Gottes in Christo, und auf dieses schläft er selig ein. Die evangelische Kirche Preußens sieht ihn mit Recht als den Vater ihrer Lehr- und gottesdienstlichen Ordnungen an und hat die Verpflichtung, ihrem Vater viele seiner Werke in die Ewigkeit nachfolgen zu lassen.

Bemerkungen.

1) Das für eine Lebensbeschreibung des Speratus im Geh. Archiv zu Königsberg vorhandene reiche urkundliche Material wurde zuerst, wiewohl nur sehr lückenhaft und oberflächlich benützt von Rhesa in seinem Programm de vita Pauli Sperati (Regiomonti 1823. 4.). In neuester Zeit fand dasselbe eine überaus sorgfältige Ausbeute in den beiden fast gleichzeitig erschienenen Arbeiten von Dr. Erdmann (in Herzogs Realencyklopädie, Bd. XIV S. 636—647) und von Dr. C. J. Cosack in der ausführlichen Schrift: Paulus Speratus' Leben und Lieder (Braunschweig 1861). Nach dieser wenigstens für den Aufenthalt Sperats in Preußen abschließenden Arbeit Cosacks wäre billig von einer neuen Bearbeitung dieses Lebens abgestanden worden, wenn nicht der Plan dieses Sammelwerkes eine Uebergehung des preußischen Reformators verboten hätte. Um so mehr fühlt sich der Herausgeber dieser Biographie verpflichtet, den genannten Gelehrten den Dank für ihre Arbeiten auszusprechen, aus denen fast alles Material zu seiner Arbeit geholt wurde.

2) Die im Archiv in Rottweil angestellten Nachforschungen ließen keine Spur des Paul Sperat auffinden. Noch einen Zunamen führt er auf der Ueberschrift einiger Distichen, welche sich auf einem einzelnen Blatt des Münchener Coder 376. II f. 131 b. finden, und die wir bei dem Mangel aller Notizen aus der früheren Zeit der Speratus'schen Wirksamkeit mittheilen:

Blandius Paulus Speratus Elephangius, Saleburgi Concionator et Doctor, in Joann. Eckii Theologi laudem:

Quam sapimus multum: sapimus nihil: hoc sapientis,
   Illud ego stolidum dicere crediderim.
Quantum quisque minus sapit, hoc mage vult sapuisse,
   Omnia qui sapiunt, desipuere sibi;
Dixerat empyrei lustrator Paulus Olympi:
   Me praeter Christum stat sapuisse nihil.
Eckius hic noster quem dextro calle sequutus
   Multa sapit: multis anteferendus ob id,
Moribus est adeo (mirum) tamen usque berignus,
   Ut videas multis quam minor esse velit;
Cui nil frontosi resupirans gloria fastus,
   Candida sed virtus cornua celsa dabit.
     Exultabuntur cornua iusti.

3) Abgedruckt in der Erlanger Ausgabe der Werke Luthers XXIX, S. 75 ff.

4) Abgedruckt in Raupachs Erläutertes evangel. Oesterreich. Beilage Nr. III, S. 12—42.

5) Vgl. A. Gindely, Gesch. der Böhm. Brüder. Bd. I, S. 188.

6) Walch, Luthers Werke, Th. 18. S. 1756.

7) Walch, Th. 10. S. 1800.

8) Walch, Th. 10. S. 2744 ff.

9) Vgl. Dr. Erdmann, Artikel über Ordensstaat und Herzogthum Preußen in Herzogs Realencyklopädie, Bd. 12 S. 117—165. Voigt, Gesch. Preußens, 9. Bd. Gebser, Gesch. der Domkirche zu Königsberg (Königsb. 1835).

10) Mitgetheilt in Hartknoch, Preußische Kirchenhistoria, S. 215—235.

11) Vgl. den Abdruck der drei Festpredigten bei Gebser, Programm a. 1840, 43, 44.

12) In diese Zeit fällt seine Schrift: „Unterricht und ermanung Doct. Joannis Briesmanns Barfußer Ordens an die Christlich gemeyn zu Cottbus Anno MDXXIII." Mitgetheilt von Dr. Lommatzsch in Zeitschr. f. hist. Theologie 1850, Heft 3. Ebenso die andere Schrift: Ad Casp. Schatzgeyri Minoritae plicas responsio per Joa. Brismannum pro Lutherano libello de votis monasticis. Viteb. 1523 mit einer Vorrede Luthers. Ungenau ist die Angabe bei Cosack, daß letztere Schrift erst im J. 1524 erschienen sei. Nicht blos trägt die Widmung derselben an Spalatin das Datum vom 15. März 1523, sondern auch am Schluß der Schrift steht: Mense Decembri 1523.

13) Abgedruckt bei Richter, d. ev. Kirchenordnungen, Bd. I, S. 28—33.

14) Ebendaselbst Bd. I, S. 33—35.

15) Es war wohl dieselbe Schrift über das Abendmahl, welche Valentin Krautwald an Luther geschickt hatte, worauf dieser am 11. August 1526 antwortete. S. De Wette III. S. 122 ff.

16) Zuerst von Cosack aus dem geh. Archiv zu Königsberg mitgetheilt S. 83 ff.

17) Acta Bor. I, 814.

18) Ibid. I, 816.

19) Erlanger Ausgabe von Luthers Werken, Bd. 63. S. 261.

20) Acta Bor. I, 815 ff.

21) Cosack (S. 110 ff.) hat diese Schrift aus einer Abschrift der zweiten Hälfte des 17. Jahrhunderts, die leider Lücken hat, genau mitgetheilt.

22) Mitgetheilt bei Jacobson, Gesch. der Quellen des ev. K.-Rechts, No. IX der Urkunden, und bei Richter, Kirchenordnungen I, S. 334—339.

23) Abgedruckt bei Nicolovius, die bischöfliche Würde in Preußen, S. 134—138.

24) Abgedruckt bei Jacobson l. c. No. X.

25) Dieses Bedenken Pet. Zenkers findet sich abgedruckt bei Cosack, S. 374—382.

Inhaltsverzeichniß.

		Seite
1.	Anfänge der reformatorischen Thätigkeit des Speratus	3
2.	Aufenthalt in Iglau	14
3.	Aufenthalt in Wittenberg. 1523 – 1524	33
4.	Berufung nach Preußen. 1524	40
5.	Der Hofprediger in Königsberg	49
6.	Der Bischof von Pomesanien und seine Verdienste um Ausbau der Kirchenverfassung	63
7.	Des Bischofs Antheil an der Lehrentwickelung der preußischen Kirche	74
8.	Der Lebensabend	79
	Bemerkungen	82